위대한 항해 12

2024년 3월 15일 초판 1쇄 인쇄
2024년 3월 20일 초판 1쇄 발행

지은이 이윤규
발행인 김관영

기획 박경무 강민구 임동관 조익현
책임편집 최전경
마케팅지원 유형일 장민정

발행처 (주)로크미디어
출판등록 2003년 3월 24일
주소 서울시 마포구 마포대로 45 일진빌딩 6층
Tel (02)3273-5135 **Fax** (02)3273-5134
홈페이지 rokmedia.com **E-mail** rokmedia@empas.com

값 9,000원

ISBN 979-11-408-2134-1 (12권)
ISBN 979-11-408-1029-1 04810 (세트)

위대한 항해

이윤규 대체역사 소설

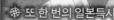
또 한 번의 일본특사

CONTENTS

1장

개혁에 성공한 대한제국의 자본력은 일본을 완전히 압도하고 있었다. 그런 대한제국이 일본의 국토 개발에 직접 참여한다면 낭패였다.

　이토 히로부미가 완곡히 거절했다.

　"송구하지만 본국은 타국의 귀국의 직접투자를 받지 않습니다."

　대진이 일부러 어이없는 표정을 지었다.

　"그렇다면 열도의 통일이 본국에 무슨 도움이 되겠습니까?"

　이토 히로부미는 답변이 궁색해졌다. 그는 순간적인 기지를 발휘해 국면을 모면하려 했다.

　"직접투자가 아니더라도 얼마든지 참여할 길이 있을 것입니다. 그리고 본국의 기술력으로 따라잡을 수 없는 자동차나 기관차와 같이 물건의 수요가 급격히 늘어나지 않겠습니까?"

대진이 한 번 더 지적했다.

"우리는 귀국의 철도부설에 투자를 하려고 했었습니다. 그런데 귀국은 영국의 차관은 받아들이면서도 본국의 투자는 받지 않았지요. 이렇듯 우리 대한제국이 은근한 차별을 받고 있다는 사실을 의장께서도 아시지 않습니까?"

이토 히로부미가 양해를 구했다.

"철도는 국가기간산업입니다. 그런 철도에 외국자본을 받아들일 수는 없습니다. 그래서 투자가 아닌 차관을 받은 것이고요. 그리고 귀국은 요코하마에서 동경까지의 노선을 보유하고 있지 않습니까?"

"그거야 당연한 대가로 얻은 것이고요."

이토 히로부미가 강조했다.

"그 노선은 우리 일본 최대의 황금 노선입니다. 후작님도 아시겠지만 그 노선은 해마다 막대한 흑자 수익을 내고 있습니다. 그리고 귀국의 대한무역은 제일은행을 통해 본국에 많은 투자를 하고 있지 않습니까?"

이번에는 대진이 움찔했다.

이토 히로부미와 시부사와 에이이치는 상당한 친분이 있었다. 그래서 시부사와 에이이치가 운영하는 제일은행을 통해 간접투자를 하고 있는 걸 이토 히로부미가 잘 알고 있었다. 그 사실을 그제야 떠올린 것이었다.

이토 히로부미가 그 일을 짚었다.

"우리 일본이 귀국의 직접투자는 받지 않지만 제일은행을 통해 간접투자는 많이 받아들이고 있습니다. 덕분에 우리 일본 경제가 살아나는 데 커다란 도움이 되고 있는 것도 분명한 사실입니다."

이토 히로부미가 문제를 지적했다.

"그런 상황에서 귀국이 직접투자를 한다면 어떻게 되겠습니까? 모르긴 해도 본국의 경제는 귀국에 급속히 예속되고 말 것입니다. 그리고 솔직히 제가 받아들이고 싶어도 다른 분들이 극력 반대를 할 것이 불 보듯 뻔해서 실현되기 곤란합니다."

이토 히로부미는 시부사와 에이이치로부터 막대한 정치자금을 후원받고 있었다. 그는 그런 사실도 은근히 내비치면서 곤란함을 토로했다.

대진은 여러 협상을 주도하며 산전수전을 다 겪어 왔다. 그래서 이토 히로부미가 한 말의 행간을 어렵지 않게 알아들을 수 있었다.

대진이 일부러 한숨을 내쉬었다.

"하! 어렵네요. 이토 히로부미 의장께서 그런 말씀을 하시니 더 드릴 말이 없네요."

"송구합니다."

"아닙니다. 공연히 무리하게 일을 추진하다 잘되고 있는 일마저도 잘못되게 할 수는 없지요."

"맞는 말씀입니다."

대화를 듣고 있던 다케조에 신이치로 주한공사는 어리둥절했다. 두 사람이 영어로 대화하고 있어서 어떤 대화가 오가는지는 잘 몰랐다.

그러나 날 선 공방이 오가는 것 정도는 어렵지 않게 느낄 수 있었다. 그런데 어느 순간 두 사람의 목소리는 마치 교감이나 한 듯 달라져 있었다.

대진의 말이 이어졌다.

"좋습니다. 직접 투자가 안 된다니 어쩔 수가 없지요. 그러면 귀국이 무엇을 양보해 주시겠습니까?"

이토 히로부미의 안색이 환해졌다.

"본국의 규슈 공략을 인정해 주시는 겁니까?"

대진이 한발 물러섰다.

"이토 히로부미 의장께서 특사로 오셨는데 성의를 보이지 않을 수는 없지요. 하지만 귀국에서도 그에 합당한 대가를 지급해 주셔야 저의 체면도 서지 않겠습니까?"

대진이 이토 히로부미를 띄워 주었다. 그러면서도 대가가 분명해야 한다는 점도 분명히 밝혔다.

"으음!"

이토 히로부미가 침음했다.

대진의 목소리가 은근해졌다.

"우리가 제일은행을 통해 투자를 하는 것은 시부사와 에이이치 은행장과의 인연 때문이지요. 만일 의장께서 조금의 배려를 해 주신다면 제일은행을 통해 의장께 별도의 인사를 하겠습니다."

대진이 제일은행을 통해 정치자금을 제공할 용의가 있다는 말을 했다. 그 말을 들은 이토 히로부미의 눈이 번쩍했다.

그의 목소리도 은근해졌다.

"좋은 말씀을 해 주셔서 감사합니다. 그렇다고 해도 너무 표시 나는 도움은 드릴 수가 없습니다."

대진이 호탕하게 웃었다.

"하하하! 걱정하지 마십시오. 오래도록 인연을 맺어야 할 의장께서 불편해할 일은 만들지 않아야 한다는 것 정도는 알고 있습니다."

이토 히로부미의 입꼬리가 말렸다.

"감사합니다."

"별말씀을 다 하십니다. 의장께서 일본을 이끌어 가는 중추라는 사실을 모르는 사람이 어디 있겠습니까? 그런 분과 좋은 인연을 맺는다면 양국의 우호증진에 큰 도움이 되지 않겠습니까?"

이토 히로부미가 자찬을 했다.

"당연히 그렇지요. 다른 분도 아니고 우리 일본을 잘 아시는 후작께서 이런 말씀을 해 주셔서 더 믿음이 갑니다."

이토 히로부미를 비롯한 일본의 유신지사들은 정경유착을 당연하게 생각하고 있었다. 그래서 일본의 신흥 기업가 중에 유력 정치인과 결탁하지 않는 사람이 없었다.

당연히 이토 히로부미도 많은 기업가의 후원을 받고 있었다. 심지어 시부사와 에이이치와는 친교를 나눌 정도로 가까웠다.

대진의 목소리가 은근해졌다.

"그러면 이렇게 하시지요. 오늘은 첫날이고 하니 어려운 문제는 내일로 미루시지요. 그 대신 제가 좋은 곳으로 모실 터이니 오늘 하루를 편하게 쉬는 것은 어떻게 생각하십니까?"

이토 히로부미는 호색가다.

게이샤는 기본이고 여승, 서양 여자, 유부녀와도 숱한 염문을 뿌렸다. 그뿐만 아니라 부하 직원의 부인과 간통을 해서 문제가 되기도 했다.

이토 히로부미의 안색이 환해졌다.

"좋습니다. 시간이 촉박한 것이 아니니 후작님의 말씀을 따르지요."

대진이 비서에게 지시했다.

"의장을 모실 수 있는 곳을 예약하도록 해."

"알겠습니다."

비서가 급히 나갔다.

이때부터 대진은 내밀한 대화를 시작했다. 이미 은밀한 지원을 보장받은 이토 히로부미는 기꺼운 마음으로 여기에 동참했다.

이토 히로부미는 부패하고 부도덕하다. 그러나 일본 정계를 대표하는 인물임에는 틀림없는 사실이기에 그가 알고 있는 기밀은 엄청나게 많았다.

자연히 다양한 주제가 거론되었다.

이토 히로부미는 적극적으로 임했다. 대진이 그의 내심을 알기 위해 대한제국의 정책 방향을 적당히 알려 주었기 때문이다.

대한제국의 내밀한 정보에 목이 말랐던 이토 히로부미는 크게 고무되었다. 그러면서 일본이 추진하고 있는 정책을 나름대로 설명해 주었다.

그렇다고 해서 기밀정보까지는 알려 주지 않았다.

그러나 대진은 그것만으로도 충분했다.

대진은 한일전쟁 이전부터 일본을 철저하게 분석해 왔다. 그리고 전후에 변화된 일본에 대해서도 다양한 경로를 통해 정보를 입수하고 있었다.

그러기 때문에 대략적인 설명만 들어도 일본의 속사정을 어렵지 않게 파악할 수 있었다.

일본은 달라진 것이 없었다.

한일전쟁 이후 대한제국의 급속한 발전을 보면서 일본은

한동안 혼란에 빠졌었다. 그러나 화혼양재(和魂洋才)를 바탕으로 한 탈아입구(脱亜入欧)의 국가적 목표는 변하지 않았다.

일본은 무조건 유럽을 동경했다.

유럽 문화를 도입한다는 명목으로 로쿠메이칸[鹿鳴館]도 지었다. 그리고 이 건물에서 수시로 서양 외교관을 초대해 연회를 개최했다.

연회에는 외교관과 고관의 부인을 대거 참석시켜 서양 외교관과 교제하게 했다. 심지어 고등학교 여학생까지 동원해 서양 외교관들과 춤을 추게 했다.

대진은 어이가 없었다.

"놀랍군요. 정부 차원에서 사교의 장을 만들다니요. 그런데 어떻게 여고생까지 동원해서 서양 외교관과 춤을 추게 할 수 있는 겁니까?"

이토 히로부미가 당연한 표정을 지었다.

"그 또한 서양 문물을 받아들이는 일입니다. 외국의 문화를 가장 쉽게 아는 방법이 연회에 참석해 서양인과 직접 접촉하는 것이지요."

그러면서 자신의 생각을 역설했다. 대진은 궤변과도 같은 그의 말을 들으며 기가 막혔다.

그러나 구태여 지적할 필요는 없었다. 그리고 그의 말에서 일본의 지도자들이 어떤 생각을 갖고 있는지 알게 된 것만으로도 나름의 소득이었다. 그래서 적당히 위무해 주었다.

"일본이 구태를 벗기 위해 많은 노력을 하고 있는 것이 놀랍습니다."

이토 히로부미의 목소리가 높아졌다.

"감사합니다. 귀국은 그동안의 개혁으로 완전히 면모를 일신한 것이 보입니다."

"맞습니다. 우리 대한제국은 지난 20여 년 동안을 마치 200년처럼 살아왔지요."

"참으로 부럽습니다. 안타깝게도 우리 일본은 아직도 전근대적인 사고방식과 사상에서 벗어나지 못하고 있습니다."

그러면서 한동안 개혁을 역설했다.

대진은 그의 말을 들으며 내심 웃었다. 이토 히로부미는 말로는 개혁을 역설하면서도 누구보다 부패하고 타락한 인물이었기 때문이다.

그러나 말을 적당히 맞장구쳐 주며 그의 기분을 맞춰 주었다. 이것에 신이 난 이토 히로부미는 더욱더 개혁을 역설했다.

대화는 술자리에서도 이어졌다.

술이 몇 순배 돌자 이토 히로부미는 다시 국가 개혁을 역설했다. 일종의 자격지심과도 같은 그의 발언에 대진은 적당히 변죽을 맞춰 주었다.

이토 히로부미의 목소리는 더 높아졌으며 술자리 분위기는 시간이 지날수록 화기애애해졌다.

다음 날.

대진과 이토 히로부미가 대한호텔 레스토랑에서 오찬회동을 했다.

"잘 쉬셨습니까?"

이토 히로부미가 환하게 웃었다.

"예, 덕분에 잘 쉬었습니다."

전날의 술자리 덕분에 이날의 오찬도 부드럽게 지나갔다. 그렇게 식사를 마치고서 미리 준비된 호텔의 별실로 자리를 옮겼다.

이토 히로부미가 먼저 입을 열었다.

"우리 일본이 무엇을 해 드리면 되겠습니까?"

대진이 주저하지 않았다.

"본국의 원화를 귀국에서 사용할 수 있도록 해 주시지요."

생각지도 않은 제안이었던지 이토 히로부미가 멈칫했다. 그는 바로 대답을 못 하고 한동안 고심을 거듭했다.

그러던 그가 한숨을 내쉬었다.

"후! 의외의 제안을 하시는군요. 그런데 귀국 화폐의 유통을 풀어 주면 본국의 엔화 유통에 차질이 빚어질 가능성이 높습니다."

이토 히로부미가 은근하게 거절 의사를 밝혔다. 그러나 대진은 그가 이런 식으로 나올 것으로 미리부터 짐작하고 있었다.

대진이 적극 설명했다.

"꼭 그렇지는 않을 겁니다. 우리도 그랬지만 귀국도 이전에는 명나라나 청국의 화폐를 자국 화폐의 대체수단으로 사용했지 않습니까?"

이토 히로부미가 고개를 저었다.

"물론 그런 적이 있었지요. 그러나 지금은 그때와 상황이 전혀 다릅니다. 본국은 지금도 지폐보다는 금화와 은화를 주로 사용하고 있습니다. 그런 상황에서 귀국의 화폐가 유통된다면 큰 혼란이 생길 수가 있습니다."

대진이 다독였다.

"그 점은 크게 걱정하지 않아도 됩니다. 본국은 금년부터 금본위제를 실시할 예정입니다. 그래서 시중에 유통되는 금화와 은화를 전량 수거해서 지폐로 교환할 예정이지요."

동양에서 금본위제를 시행한 나라는 아직까지 없었다. 동양에서의 무역은 청나라의 은본위제에 맞춰 무역 은화로만 거래되고 있었다.

그런데 대한제국이 금본위제 시행과 함께 금은화의 유통을 금지하겠다고 한다. 그만큼 경제가 발전하고 안정되었다는 의미였다.

이토 히로부미가 탄성을 터트렸다.

"아! 대단하군요. 귀국도 영국처럼 금본위제를 시행하는군요."

"그렇습니다. 우리 대한제국은 금본위제도를 시행하기 위해 지난 20년 동안 부단히 노력해 왔습니다. 그 결과 금본위제를 시행해도 될 정도로 경제도 안정되었을뿐더러 경제 규모도 커졌지요. 그래서 금년 하반기부터 본격적으로 금본위제를 실시할 수 있게 되었습니다."

"혼란은 없겠습니까?"

대진이 자신 있게 대답했다.

"철저하게 준비해 온 일입니다. 더구나 우리 국민들은 정부를 믿고 있습니다. 화폐교환 때문에 약간의 불편은 있겠지만 큰 혼란은 없을 것입니다."

대진의 말을 들은 이토 히로부미는 부러워했다.

"후작님의 자신감이 너무도 부럽습니다. 안타깝게도 우리 일본은 아직은 그렇게까지 할 수 있는 처지가 아닙니다."

대진이 덕담을 했다.

"귀국도 곧 그렇게 될 시기가 올 것입니다."

"예, 부디 그런 날이 빨리 왔으면 좋겠네요."

이토 히로부미의 머릿속이 복잡해졌다.

대진이 이렇게까지 나오는데 무조건 안 된다는 말을 할 수는 없었다. 그랬다가는 규슈 공략을 하지도 못하고 대한제국과 맞설 수 있었다.

그러면 끝장이었다.

그런데 일본은 아직 금본위제를 시행하지 못하고 있었다. 그런 상황에서 금본위제를 앞세운 원화 지폐가 들어온다면 혼란은 불문가지였다.

그래서 고심을 거듭했다.

대진은 그런 모습을 보며 확신했다.

'전부는 아니더라도 어느 선까지는 허용을 하겠구나. 그렇지 않다면 저처럼 고심할 필요가 없겠지.'

이런 예상이 맞았다.

이토 히로부미가 입을 열었다.

"솔직히 전면 허용은 곤란합니다. 그 대신 귀국과의 교역 창구인 시모노세키와 두 곳의 한국관 주변에서의 유통은 허용하겠습니다."

대진은 내심 뛸 듯이 기뻤다.

'그래, 바로 이거야. 시작은 바늘구멍이지만 한 번 뚫린 구멍은 절로 커지게 되어 있어.'

그러나 겉으로는 크게 아쉬워했다.

"의장께서 말씀하신 지역은 음성적이나마 우리 원화가 이미 유통되고 있는 상황입니다."

"그래서 결정을 할 수 있었습니다. 만일 음성적인 유통조차 없었다면 솔직히 후작님의 제안을 받아들이기 어려웠을 것입니다. 그러니 불법유통이 공식화된 것에 만족을 하시지요."

대진은 더 밀어붙이지 않았다.

"좋습니다. 지금까지 우리 원화가 음성적으로 유통되고 있던 것을 이번 기회에 공인해 준 사실에 만족을 하지요."

이토 히로부미가 고개를 숙였다.

"이해해 주셔서 감사합니다."

"하하! 아닙니다. 비록 지역이 한정되어 있지만 화폐유통이 공인되었다는 것이 중요하지요."

대진은 어쩔 수 없이 양보했다는 점을 은근히 피력했다. 이토 히로부미는 그런 대진의 말에 조금의 이의도 제기하지 않았다.

두 사람이 합의한 사항을 정부 공식 문서로 작성할 수는 없었다. 그래서 양측은 각서를 주고받는 것으로 합의했다.

각서를 날인해 교환한 후.

이토 히로부미가 고개를 숙였다.

"배려해 주셔서 감사합니다."

"아닙니다. 이번 합의가 양국의 우호증진에 도움이 되었으면 좋겠습니다."

"당연히 큰 도움이 될 것입니다."

두 사람은 악수를 하고 헤어졌다.

호텔을 나온 대진은 수상의 집무실을 찾아 협의 내용을 설명했다.

심순택이 크게 고개를 끄덕였다.

"수고하셨습니다. 최선은 아니지만 차선의 결과를 냈으니 다행입니다."

"감사합니다."

"이번 협의는 일본 경제 직접 공략의 물꼬를 텄다는 점에 의미를 두면 되겠지요?"

"그렇습니다. 비록 지역이 한정되었으나 우리 원화 유통이 공인되었다는 사실이 중요합니다."

"규슈공화국은 시간이 지날수록 우리 말을 듣지 않고 있었습니다. 그런 규슈를 그대로 둘 필요는 없었는데, 어쩌면 잘된 일일 수도 있겠습니다."

대진이 씁쓸해했다.

"솔직히 아쉽기는 합니다. 규슈공화국은 우리와 일본의 완충지대 역할을 수행해 온 것만으로도 존재 의의가 충분했습니다."

심순택이 너털웃음을 터트렸다.

"허허허! 아쉽지만 미련을 버려야지요. 일본이 언제부터 규슈 공략을 시작할 것 같습니까?"

"이토 히로부미가 거기에 대한 말은 하지 않았습니다. 다만 그의 말로 유추하건대 해는 넘기지 않을 것 같다는 느낌을 받았습니다."

"나름대로 준비를 해 왔다는 말이군요."

"그렇습니다."

"알겠습니다. 우리도 만일의 상황을 고려해 준비를 해 두어야겠네요."

"그게 좋을 것 같습니다."

심순택이 내각회의를 소집했다. 그리고 일본과의 협의 내용을 설명하고서 국방대신을 바라봤다.

"국방대신, 만일에 대비해야 하지 않겠습니까?"

장병익이 대답했다.

"일본의 움직임에 맞춰 가면서 병력을 운용하겠습니다. 그 전에 대마도의 방어 태세부터 적극 보강하겠습니다."

"잘 부탁드립니다."

이때부터 자유토론이 시작되었다. 각부의 대신들은 원화의 일본 유통과 열도 내전에 대한 대처 방안에 대해 적극적인 의견을 개진했다.

일본은 이토 히로부미의 귀환에 맞춰 규슈 공략을 본격화해 나갔다. 이러한 일본의 움직임은 곧바로 규슈공화국에 포착되었다.

규슈공화국도 병력을 전진 배치하면서 방어 태세를 구축했다. 그리고 대한제국에 밀사를 파견해서는 도움을 요청했다.

규슈공화국을 좋게 보지 않고 있던 대한제국은 이 요청을 단칼에 거절했다. 대한제국의 냉정한 태도에 규슈공화국은 화들짝 놀랐으나 이미 배는 떠난 뒤였다.

부랴부랴 규슈는 다른 나라에 구원의 손길을 내밀었다. 그러나 어느 누구도 그들이 내민 손을 잡아 주지 않았다.

고립무원이 된 사이고 다카모리는 그제야 땅을 치고 후회했다. 그러나 이미 등을 돌려 버린 대한제국을 설득할 방법은 그 어디에도 없었다.

일본은 사기충천했다.

가장 중요한 대한제국이 규슈에 등을 돌렸다. 그것을 계기로 다른 나라들도 규슈를 외면한 상황이 되면서 최고의 환경이 조성되었다.

일본은 이때부터 대놓고 전쟁 준비에 돌입했다. 규슈공화국도 전력을 다해 방어 준비에 나서면서 열도에는 본격적으로 전운이 감돌았다.

그러던 9월 1일.

대한제국이 금본위제를 출범시켰다.

마군이 도래했을 때만 해도 조선의 화폐경제는 극심하게 혼란스러웠다. 당백전이 발행되어 물가가 폭등했으며 화폐가치가 급락해 청전(淸錢)이 화폐유통의 주류가 될 정도였다.

이런 상황을 타개하기 위해 마군은 은화를 기준으로 한 실질 화폐를 발행했다. 덕분에 물가는 급속히 안정되었으며 화폐경제도 제자리를 찾았다.

그 바탕 위에 개혁이 시작되었다.

개혁은 모두의 기대대로 대성공을 거두었다. 여기에 두 번의 전쟁을 성공적으로 끝마치며 조선은 대한제국으로 거듭날 수 있었다.

이러면서 개혁에 박차가 가해졌다.

시간이 지나면서 개혁이 나라 전체를 바꾸어 놓았다. 그리고 전 국민이 적극 동참하면서 대한제국은 급속한 성장을 이룩할 수 있었다.

그리고 이날.

지금까지의 경제성장을 바탕삼아 금본위제도가 본격 시행되었다. 그에 따라 금은화의 유통도 강제로 종료시켰다.

금은화는 지금까지 화폐경제의 근간이다. 그런 금은화의 유통을 강제한다면 일정 기간 혼란이 발생할 수밖에 없다.

그러나 경제 규모를 확대하기 위해서라도 금은화가 아닌 지폐가 적극 활용되어야 한다. 그래서 혼란을 방지하기 위해 대한은행은 물론 주요 은행에서 상당한 준비를 했었다.

금은화의 유통이 금지된 첫날.

엄청난 금은화가 은행으로 몰렸다.

대부분은 개혁과 함께 설립된 은행을 적극 이용해 왔다. 그럼에도 일부는 구태를 버리지 못하고 금은화를 보관해 오고 있었다. 그러다 유통이 금지되면서 사장되었던 금은화가 대거 쏟아져 나온 것이었다.

은행으로 몰린 금은화의 일부는 지폐로 교환했으나 놀랍게도 대부분이 예금으로 예치되었다.

그만큼 은행에 대한 신뢰감이 높아졌다는 의미였다. 이러한 자본 유치 현상은 시간이 지나서도 꾸준히 이어졌다.

한 달 후.

대진이 내각회의에 참석했다.

수상 심순택이 모두발언을 했다.

"지난 한 달 동안 놀라운 일이 일어났습니다. 금은화의 유통이 금지되었음에도 조금의 혼란도 일어나지 않았습니다. 그러면서 은행으로 자금이 대거 유치되는 성과가 나타났고요."

재무대신이 바로 말을 받았다.

"그렇습니다. 저희 재무부에서는 이렇게 많은 수량의 금은화가 사장되어 있을 줄은 몰랐습니다. 만일 금은화의 유통을 금지하지 않았다면 사장되었던 금은화가 지하경제로 흘러들어 가면서 나라의 큰 우환이 될 뻔했습니다."

외무대신도 나섰다.

"이번에 실시된 금은화의 유통 금지가 어떻게 진행되는지 외국에서도 상당한 관심을 갖고 지켜보고 있었습니다. 다행히 조금의 혼란도 없이 수습되는 것을 보고 크게 놀라고 있습니다. 일부 외국 신문에서는 사설을 통해 우리 제국의 높아진 시민 의식을 격찬하고 있는 상황입니다."

이 말에 모두들 흐뭇해했다.

심순택이 국방대신을 바라봤다.

"국방대신, 일본의 움직임은 어떻습니까?"

장병익이 설명했다.

"공략 준비의 막바지에 이르렀습니다. 일본군은 시모노세키 일대로 대거 병력을 집결시켜 놓고 있습니다. 아울러 시코쿠에도 대규모 병력을 집결시켜 놓았고요. 이런 상태라면 이번 달이 넘기기 전에 전쟁이 시작될 것 같습니다."

"혼슈와 시코쿠로 동시 침공할 계획인가 보군요."

"병력이 집결하는 구성을 보면 그렇게 보입니다. 하지만 동시 침공을 할지 시간차를 둘지는 확실하지 않습니다."

"우리의 대비 태세는 문제가 없겠지요?"

"물론입니다. 지난달 하순부터 대한해협 일대에 수군 함대를 상주시키고 있습니다. 아울러 대마도에도 병력을 대폭 보강해 두었고요."

대진이 나섰다.

"일본과의 무역 거래량도 폭증하고 있습니다. 내용은 전시 물자로 사용할 수 있는 품목 위주입니다."

장병익이 확인했다.

"양곡 구입 물량은 어떤가?"

대한제국은 양곡의 자급자족을 넘어 상당량의 양곡을 일본으로 수출하고 있었다. 이렇게 된 데에는 마군이 가져온 볍씨 재배가 성공을 거두고 대만과 북방으로의 영토 확대가 결정적 역할을 했다.

대진이 대답했다.

"대량으로 구입해 가고 있습니다. 그리고 우리처럼 건빵을 만들어 일본군에 보급하고 있다는 정보도 있습니다."

장병익도 동조했다.

"맞아. 나도 그에 대한 보고를 받았어. 아무래도 우리 보급품을 보고 따라 한 것 같아. 첩보에 따르면 우리처럼 장병들에게 배낭까지 만들어서 보급하고 있다고 하더군."

"배낭까지 보급했다면 전투력이 상당히 올라갔겠습니다."

장병익도 인정했다.

"배낭 보급이 전투력 증강에 의외로 큰 도움이 되니 그렇겠지."

"일본이 모방을 많이 하고 있습니다."

장병익이 고개를 저었다.

"어쩔 수 없는 일이야. 장병들의 개인 장구 같은 경우는 한 번만 보면 바로 베낄 수 있잖아. 품질은 처음에는 많이 떨어지겠지만 제대로 만드는 것은 시간문제일 뿐이야."

"그렇기는 합니다."

심순택이 당부했다.

"아직 금은화의 교환 기간이 남아 있습니다. 그러니 끝날 때까지 해당 부서에서는 긴장의 끈을 놓지 않아 주었으면 합니다. 그리고 열도 내전이 곧 시작될 것이니 국방부는 그에 대한 준비에 조금의 소홀함도 없어야겠습니다."

"명심하겠습니다."

이날의 회의는 좀 더 진행되다 끝났다.

이 내각회의가 끝나고 며칠 지나지 않아 일본 열도에서 포성이 울렸다.

쾅! 쾅! 쾅! 쾅!

열도 내전이 시작된 것이다.

2장

열도 내전은 추수가 끝나면서 시작되었다. 그렇게 시작된 전쟁은 시작부터 불을 뿜었다.

일본은 서전부터 전 병력을 동원해 규슈를 공략했다. 여기에 맞선 규슈도 모든 병력을 동원해 총력으로 방어에 들어갔다.

규슈는 본토 병력을 상륙부터 저지하려 했다. 그러나 이러한 의도는 수포로 돌아갔다.

일본은 그동안 영국 차관으로 전함을 꾸준히 도입하며 해군 전력을 증강시켜 왔다. 그러한 해군 함정을 적극 활용해 규슈 곳곳에 상륙을 감행했던 것이다.

그 바람에 규슈 전역이 전쟁터가 되었다. 그렇다고 해서 일본군의 작전이 성공한 것은 아니다.

규슈는 침략에 대비해 주요 거점의 요새를 거의 철옹성처럼 만들어 두었다. 그래서 일본군이 상륙하는 데에는 성공했으나 강력한 저항에 직면하면서 내륙으로 전진을 못 하고 돈좌해 버렸다.

더 큰 문제는 일본군의 주력이었다.

일본군은 주력을 규슈와 가장 가까운 시모노세키를 포함한 야마구치 일대에 집결시켰다. 그런데 그 일대의 규슈 방어선이 워낙 튼튼해서 간몬해협을 넘지 못하였다.

그렇게 주력의 발이 묶이고, 각지에 상륙한 병력이 돈좌하면서 열도 내전은 시작과 동시에 고착화되었다.

대한제국에는 개혁 개방과 함께 신문사도 다투어 창간되었다. 그렇게 창간된 신문은 지방지까지 포함하면 어느덧 수십 개에 이르렀다.

열도 내전이 발발하자 모든 신문의 1면이 해당 기사로 도배됐다. 이때부터 지면의 크기만 달라질 뿐 열도 내전 관련 기사는 하루도 빠지지 않고 게재되었다.

대한제국에 있어 일본은 가깝지만 먼 나라다.

여말 선초 왜구가 삼남의 바다를 휩쓸었다. 그런 왜구로 인해 삼남 해변이 초토화되었다.

그리고 임진왜란 7년 동안 일본은 온갖 약탈을 자행하였다. 그 때문에 조선은 한동안 엄혹한 시간을 보낼 수밖에 없었다.

무고하고 여린 백성들이 수없이 죽어 나갔다. 수많은 문화재가 약탈되었으며 귀중한 재산들이 잿더미가 되었다.

이러한 변란과 고난이 이어지면서 조선인에게 일본은 증오와 혐오의 대상이 되었다. 그래서 일본 본토와의 교류를 애써 외면해 왔다. 교류도 대마도 사람들을 위한 초량왜관만으로 한정했다.

물론 통신사를 보낸 적은 있다.

그러나 그조차도 300여 년 동안 열한 번에 불과했다. 일본 정부와의 외교는 대마도를 반드시 중간에 끼워서 했다.

그만큼 일본을 의식적으로 멀리해 왔다.

그러다 마군이 도래하면서 제대로 된 개혁을 추진하게 되었다. 그리고 징병제가 실시되어 병력을 갖추고서야 비로소 일본으로 고개를 돌렸다.

그렇게 한일전쟁이 발발했다.

전쟁 초기 엄청난 지원자가 몰렸다.

개혁과 함께 시작된 의식화 교육이 제대로 성과를 보인 덕분이다. 특히 새로운 군사훈련과 화기라면 일본을 압도할 수 있다는 확고한 믿음도 생겼다.

그래서 지원자는 넘쳐 났으며 온 국민도 승전을 성원했다. 그러한 성원 속에 시작된 전쟁에서 조선은 일본을 철저하게 굴복시켰다.

국민들이 환호했다.

조선군은 전쟁을 치르면서 철저하게 일본을 굴종시켰다. 그러면서 그동안 상처 입고 패었던 자존심을 한껏 회복할 수 있었다.

그럼에도 그동안 쌓여 있던 마음속의 앙금은 완전히 가시지 않았다.

그래서인지 국민들은 열도 내전에 관심이 많았다.

열도 내전은 해를 넘겨도 결말이 나지 않았다.

전쟁은 군수물자를 무지막지하게 잡아먹는다. 일본도 이런 사실을 알고 있었기에 나름대로 철저하게 준비하기는 했다.

그러나 역부족이었다.

일본은 규슈와의 전쟁을 반년이면 끝날 것으로 예상했었다. 병력도 30만을 양성했고, 장병들의 무장도 우수하다는 자부심 때문이었다.

그러나 이러한 예상은 빗나갔다.

해가 바뀌도록 주력군은 간몬해협조차 건너지를 못했다. 그뿐만 아니라 규슈 각지에 상륙한 병력도 규슈군의 강력한 저지에 막혀 버렸다.

전쟁이 길어지면서 일본은 다급해졌다. 그동안 준비한 군수물자가 모래 쏠리듯 소모되고 있었기 때문이다.

2월 초.

일본의 내각회의가 열렸다.

수상인 마쓰타카가 한숨을 내쉬었다.

"후! 오늘 여러분을 뵙자고 한 것은 고착화된 전황을 타개할 방법을 논의하기 위해서입니다."

오오야마 육군대신이 고개를 숙였다.

"육군의 총수로서 심려를 끼쳐 드려 대단히 송구합니다. 규슈 반군의 저항이 이토록 강력할 줄은 몰랐습니다. 전혀 예상 밖입니다."

해군대신 가바야마도 고개를 숙였다.

"송구하긴 우리 해군도 마찬가지입니다. 규슈의 저항이 심할 거라는 예상은 했지만 이 정도일 줄은 몰랐습니다. 요지마다 구축해 놓은 요새로 인해 각지에 상륙한 육전대가 안타깝게도 반군을 제대로 밀어붙이지를 못하고 있습니다."

이미 알고 있는 사실이었다. 그럼에도 두 사람의 말을 다시 들으니 모두의 안색이 흐려졌다.

내무대신 시나가와 야지로[品川 弥二郎]가 나섰다.

"통일전쟁을 위해 군부에서 최선을 다하고 있으니 뭐라 드릴 말씀은 없습니다. 당장은 어렵지만 빠른 시일에 난관을 뚫을 수 있을 거라 믿어 의심치 않습니다. 그런데 문제는 군수물자입니다. 우리가 예상한 전쟁 기간은 6개월이었습니다. 그래서 10개월분의 보급물자를 준비해 두었는데 벌써 6개월째 접어들었습니다."

내무대신이 잠깐 숨을 돌렸다.

"말씀드리기 송구하나 이대로라면 얼마 가지 않아 문제가 발생할 수가 있습니다. 하루빨리 대비책을 마련해야 합니다. 아니면 당장이라도 총력을 기울여 전쟁을 끝내야 합니다. 그러지 않고 시간을 지체한다면 극심한 혼란이 발생할 수가 있습니다."

수상이 확인했다.

"오사카에 저장된 군량이 남아 있지 않습니까?"

내무대신이 고개를 저었다.

"안타깝지만 오사카에 보관되었던 군량은 전투식량을 만드는 데 거의 동원되었습니다. 그래서 남은 물량이라고 해봐야 얼마 되지 않습니다."

"부족한 물품은 군량 말고 또 무엇이 있습니까?"

내무대신이 몇 가지를 보고했다.

마쓰타카 수상이 한숨을 내쉬었다.

"후! 다른 물량은 빡빡하게라도 맞출 수 있겠지만 군량이 가장 문제로군요."

"그렇습니다. 수상 각하의 말씀대로 다른 품목은 어렵더라도 어찌어찌 맞춰 나갈 수가 있습니다. 하지만 식량만큼은 수입을 하지 않고는 보충할 방법이 없습니다."

일본은 본래부터 양곡이 넉넉하지 않았다.

그래서 에도막부 시절에는 다이묘들이 주민들이 먹는 한 끼 밥의 양조차 통제했다. 그런 통제가 너무 심해 일부 지역에서는 아이가 태어나면 일부러 죽이는 풍습까지도 있었다.

그렇게 철저하게 통제한 결과, 에도막부 내내 인구가 거의 증감되지 않았다.

그러다 명치유신으로 인구가 도시로 몰려들면서 문제가 커졌다. 가뜩이나 식량이 부족한 상황에서 농민이 대폭 감소하면서 사정이 심각해진 것이다.

그래도 억지로나마 버텨 오고 있었다. 그러나 그마저도 한일전쟁으로 열도 전체가 유린되고 규슈도 분리되면서 무너져 버렸다.

이때부터 일본은 극심한 식량 부족에 시달려야 했다. 식량을 증산할 방법이 없었던 일본은 외국으로부터 곡물을 수입할 수밖에 없었다.

이에 반해 대한제국은 달랐다.

대한제국도 본래는 식량 자급자족이 완전하지는 않았다. 그래서 봄이 되면 늘 보릿고개를 어렵게 넘기고는 했다.

그러나 마군의 신종 볍씨가 보급되면서 상황은 급반전했다. 여기에 영토까지 대폭 넓어지면서 식량 자급에 완전히 성공할 수 있었다.

마쓰타카가 고개를 저었다.

"어쩔 수 없는 일이지요, 외무대신."

에노모토 다케아키[榎本武揚]가 고개를 숙였다.

"예, 총리님."

"미국과 한국에 지급으로 곡물 수입을 요청해야겠습니다."

에노모토가 난색을 보였다.

"미국은 문제가 있습니다. 전쟁 전부터 미국의 밀 가격이 몇 배로 폭등했습니다. 그 바람에 전투식량을 만드는 데에도 상당한 어려움을 겪었고요. 그런데 우리가 다시 곡물을 수입한다는 소문이 나면 이전보다 더 폭등할 것은 불문가지입니다."

"그래도 어쩔 수 없지요. 식량 보급을 못 하면 수십만이 오합지졸 되는 것은 순간입니다."

내무대신이 한숨을 내쉬었다.

"하아! 수상께서 대장대신을 겸직하시니 아시지 않습니까? 이번 전쟁을 위해 우리 재정을 모조리 쏟아부었다는 사실을요. 국고가 없는데 어떻게 양곡을 수입할 수 있겠습니까?"

"그래도 어쩌겠습니까? 중요한 것은 승리이고 승리를 위해서라면 무엇이든 해야 하는 것이 우리 임무인데요. 재정이 부족하면 차관이라도 들여와야 하지 않겠습니까?"

외무대신의 표정이 심각해졌다.

"수상께서는 이번 전쟁이 쉽게 끝나지 않을 거라고 예상하시는 겁니까?"

수상이 고개를 저었다.

"그렇지는 않습니다. 규슈는 애초부터 한계가 있는 나라입니다. 그들이 아무리 강력하게 저항을 한다 해도 오래 버티지는 못할 겁니다. 그렇다고 무작정 우리 병력을 밀어 넣을 수는 없지 않겠습니까?"

"그렇기는 합니다."

"지금 상황으로 봐서는 적어도 반년 이상은 더 소요될 것으로 보입니다."

외무대신이 오오야마 육군대신을 바라봤다.

"육군대신께서도 같은 생각이십니까?"

"이번 달부터 해군과 협동으로 본진 병력을 분산시키려고 합니다. 그렇게 되면 규슈 전역에서 산발적인 전투를 벌여야 할 것이고요. 그러니 아무래도 시간이 좀 더 걸릴 것입니다."

오오야마가 분명한 시간을 명시하지는 않았다. 그러나 그의 말을 들은 대신들은 전쟁이 꽤 오래 걸릴 거라는 사실을 어렵지 않게 짐작했다.

외무대신이 한숨을 내쉬었다.

"후! 알겠습니다. 제가 미국공사와 한국공사를 만나 보도록 하겠습니다."

오오야마의 눈이 커졌다.

"한국공사를 만난다고요?"

내무대신이 설명했다.

"한국은 10여 년 전부터 식량 자급에 성공했습니다. 그래서 본국으로 해마다 수십만 석의 쌀과 양곡을 수출하고 있고요. 제가 파악한 바에 따르면 그럼에도 한국 전역에선 천만 석 이상의 쌀이 비상용으로 보관되고 있는 것으로 압니다."

"놀랍군요. 한국의 보관 식량이 그 정도나 많습니까?"

"그렇습니다. 한국은 날씨가 찬 만주 지역에서도 쌀 재배에 성공을 거두었습니다. 더구나 밀도 대량으로 재배하고 있고요. 그래서 양국 간의 협의만 잘 진행되면 미국보다 훨씬 쉽고 빠르게 양곡을 도입해 올 수가 있습니다."

오오야마가 침음했다.

"으음! 좋기는 하지만 한국이 응해 줄지가 걱정이군요."

외무대신이 나섰다.

"지금의 우리로서는 찬밥 더운밥 가릴 계제가 아닙니다. 이토 히로부미 의장 각하께서도 고개를 숙이셨던 전력이 있습니다. 수상께서 허락해 주신다면 제가 한국공사를 만나 보겠습니다."

마쓰타카가 바로 승인했다.

"좋습니다. 만나 보십시오. 한국은 이미 우리의 규슈 공략을 묵인해 주었습니다. 그런 한국에 한 번 더 부탁하는 것이 오히려 미국을 상대하는 것보다 편할 수 있을 겁니다."

"감사합니다."

며칠 후.

일본의 상황이 요양에 전해졌다.

외무성으로부터 연락을 받은 대진은 급히 수상의 집무실로 넘어갔다. 집무실에는 이미 많은 대신들이 기다리고 있었다.

대진이 고개를 숙였다.

"제가 조금 늦었습니다, 폐하께 보고드릴 사안이 있어서. 죄송합니다."

심순택이 손짓을 했다.

"당연히 폐하께 드리는 보고가 우선이지요. 어서 와서 앉으세요."

대진이 자리에 앉자 외무대신이 일본 소식을 전했다.

"……그렇게 박정양 공사가 소식을 전해 왔습니다."

대진이 수상을 바라봤다.

"결론을 내리신 것입니까?"

심순택이 고개를 저었다.

"일본에 관한 문제 아닙니까. 그래서 이 후작이 오실 때까지 기다리고 있었소이다."

대진이 내심 쓴웃음을 지었다. 어느 때부터인가 내각에서는 일본과 중동에 관한 일은 자신의 결정을 존중하고 있었다.

"내각회의에서 결정하셔도 되는 일인데요."

"아닙니다. 지금은 전문가의 시대입니다. 더구나 대외 업무는 그 무엇보다 전문가의 의견이 중요한 일이지요. 일본에 관한 문제라면 당연히 이 후작의 의견을 존중해야 하고요."

조선 출신 대신이 동조했다.

"맞는 말씀입니다. 과거에는 유학의 가르침을 신봉해 관리들이 모든 국정 사무를 알아야 했습니다. 그러나 지금은 전문가의 시대입니다. 우리나라에서 이 후작보다 국제 관계에 정통한 분은 없으니 당연히 의견을 들어야지요."

두 사람이 연이어 대진을 치켜세웠다. 대진은 자신도 모르게 얼굴이 붉어졌으나 아니라는 말을 하지는 않았다.

그 대신 정중히 몸을 숙였다.

"좋게 봐주셔서 감사합니다."

장병익이 나섰다.

"어떻게 진행하면 좋을지 말씀을 해 보게."

대진이 주저하지 않았다.

"일본의 족쇄를 채우는 일입니다. 그들의 요구를 들어주지 않을 이유가 없다고 생각합니다."

"역시 우리 생각과 같구나. 그러면 어떻게 진행하면 좋겠나?"

"일본 대표를 제가 직접 만나 보겠습니다. 일본이 전쟁 중이고 하니 부산에서 만나는 것으로 하면 좋을 듯합니다."

이 결정에 누구도 이의를 제기하지 않았다.

결정은 곧바로 일본으로 전달되었다.

보름 후.

대진과 일본의 외무대신 에노모토 다케아키가 부산의 대한호텔에서 만났다. 두 사람은 간단히 자신을 소개한 뒤 자리에 앉았다.

대진이 바로 물었다.

"아니, 어떻게 된 일입니까? 갑자기 식량이 필요하다니요?"

에노모토가 이마를 찌푸렸다.

"규슈의 저항이 생각보다 거셉니다. 그 때문에 처음 예상보다 전쟁이 길어지면서 군량 문제가 발생한 것입니다."

대진이 일본의 사정을 어렵지 않게 짐작할 수 있었다.

"규슈와의 전쟁 예상 기한을 반년 정도로 잡았나 보군요."

에노모토가 인정했다.

"맞습니다. 그래서 10개월 정도의 보급물자를 준비했습니다. 그러나 아쉽게 지금의 전황으로는 예상보다 훨씬 더 걸릴 것으로 보입니다. 그래서 부족한 군량을 구입하려고 귀국에 급히 의사를 타진한 것입니다."

"그렇군요. 귀국이 이런 요청을 했다는 것은 본국의 비축한 양곡 물량을 감안했겠군요."

에노모토는 부인하지 않았다.

"그렇습니다. 귀국이 해마다 발행하는 농어업 관련 통계연감을 보고 알게 된 사실입니다."

대한제국은 국가가 정비된 이후 매년 통계연감을 발간하고 있었다. 그 연감에는 전년도 경제 발전 상황에서부터 다양한 정보가 들어 있었다.

물론 대외비와 같은 사항은 당연히 수록하지 않는다. 그러나 식량 생산량이나 양곡 비축 물량 정도는 연감만 보면 파악이 가능했다.

대진이 고개를 끄덕였다.

"그랬군요. 그래서 미국이 아닌 우리에게 양곡 판매를 문의했던 거로군요."

에노모토 외무대신이 놀랐다.

"본국이 미국에다 의뢰하려 했다는 사실을 어떻게 아셨습니까?"

"그야 당연히 예상할 수 있지요. 귀국은 해마다 많은 양의 양곡을 우리와 미국에서 매입하는데 모르는 것이 이상하지요."

대진의 말을 들은 에노모토는 씁쓸해했다.

"맞습니다. 그 정도 정보를 귀국에서 모를 리가 없겠지요."

그리고 간청했다.

"후작님, 본국의 사정이 급박합니다. 그러니 무리가 아니라면 귀국의 비축 양곡을 판매해 주셨으면 합니다."

대진이 어깨를 으쓱했다.

"뭐, 판매하는 것은 어렵지 않습니다. 그런데 가격은 어떤 방식으로 지급을 해 주실 건지요?"

"송구하나 차관 형식으로 매입을 했으면 합니다."

대진이 고개를 저었다.

"귀국은 아직도 본국에 대한 전쟁 채권을 갚아 나가고 있습니다. 그런 상황에서 다시 채권을 발행한다면 무리가 되지 않겠습니까?"

"부담이 되는 것은 사실입니다. 허나 본국의 사정으로는 어쩔 수가 없습니다. 부탁드리겠습니다."

에노모토가 고개를 숙였다.

대진은 고심하다 반문했다.

"비축미는 환란에 대비한 양곡입니다. 그래서 웬만한 일이 아니면 방출하지 않는다는 사실은 알고 있습니까?"

"당연히 그렇겠지요. 하지만 귀국은 이제 식량이 자급자족을 하지 않습니까? 더구나 대만에서 양곡이 대량으로 올라와 더더욱 남아도는 것으로 알고 있습니다만."

대진이 헛웃음을 터트렸다.

"하하! 일본의 외무대신께서 본국의 사정을 너무도 잘 알고 계시는군요."

에노모토 외무대신이 미안해했다.

"송구합니다. 본국의 사정이 워낙 어렵다 보니 귀국의 사정을 살피지 않을 수 없었습니다."

"좋습니다. 그러면 값은 얼마나 치를 것이고 물량은 얼마나 필요한 겁니까?"

에노모토의 안색이 환해졌다.

"가격은 귀국에서 정하는 가격을 그대로 수용하겠습니다. 그리고 양곡은 100만 석이 필요합니다."

대진이 깜짝 놀랐다.

"100만 석이나요? 군용으로 그렇게 많은 양이 필요합니까?"

"기왕 차관으로 들여오는 거여서 춘궁기에 대비하려고 합니다."

의외로 많은 물량이었다. 그러나 비싼값으로 묵은 양곡을 넘길 수 있다는 생각에 그냥 넘어갔다.

그 대신 가격을 짚었다.

"곧 봄이 되는데, 이때는 양곡가가 크게 오른다는 사실은 알고 있겠지요?"

"춘궁기이니 당연히 그렇겠지요."

"가격은 통상 가격의 1.5배로 계산하시지요. 그리고 비축미는 기본적으로 3~4년 묵은 쌀입니다. 그래도 괜찮다면 넘겨드리겠습니다."

에노모토가 급히 고개를 숙였다.

"가격이 조금 비싸지만 그 정도면 충분히 이해합니다. 비축미가 묵은 쌀인 것은 어느 나라나 마찬가지이니 감수하겠습니다."

"좋습니다. 그러면 차관을 어떤 방식으로 상환하실 것인지를 말씀해 보시지요."

대한제국에서 양곡을 판매해 준다고 했다. 그런 이후여서 협상은 순조롭게 진행되었다.

대진은 차관에 대한 이자를 복리로 원했다. 이런 요청을 에노모토는 별다른 고민도 하지 않고 받아들였다.

복리가 무섭다는 사실을 에노모토라고 해서 모르지 않았다. 그러나 일본의 입장에서는 찬밥 더운밥을 가릴 입장이 아니었다.

그렇게 대진의 요구를 전격 수용하면서 군량 문제는 해결을 봤다. 에노모토는 몇 번이고 인사를 하고는 돌아갔다.

대한제국은 발 빠르게 움직였다.

부산 회동이 끝나자마자 일본으로의 양곡 방출이 시작되었다. 삼남 일대가 곡창지대여서 양곡의 대부분은 전라도 방면에서 수집되었다.

그렇게 수집된 양곡은 군산과 목포에서 선적되어 일본으로 넘어갔다.

대한제국의 도움으로 군량 문제를 해결한 일본은 봄이 되면서 전면 공격을 감행했다. 이 공세는 이전보다 격렬했으며 이때부터 규슈의 방어선이 조금씩 무너지기 시작했다.

밀고 밀리던 공방전의 저울추가 시간이 지나면서 조금씩 기울어졌다. 한 번 기울기 시작한 저울추는 어느 순간 급격하게 일본 쪽으로 꺾였다.

대한제국은 규슈 근방으로 수시로 함정을 파견해 전황을 살폈다. 일본은 이러한 상황을 알고 있으면서도 애써 외면했다.

오히려 정보 수집을 은근히 도와주는 행위까지 취했다. 덕분에 대한제국은 규슈의 전황을 다른 어느 나라보다 빠르고 정확하게 알 수 있었다.

전쟁 양상은 급격히 변했다.

반년 넘게 소강상태였던 전쟁은 시간이 지날수록 일방적으로 변해 갔다. 그런 일본통일전쟁은 장마가 시작되었음에도 열기를 더해만 갔다.

7월 하순.

대진이 측근 몇 사람과 남포를 찾았다.

진동만은 내연기관과 각종 개발을 연이어 성공하고서 연구소장을 사임하고 임시로 대한자동차의 대표를 맡고 있었다.

진동만이 현관까지 마중을 나왔다.

"어서 오십시오. 후작님."

"축하드립니다, 대표님."

진동만이 환하게 웃었다.

"감사합니다. 후작님께서 적극 추천을 해 주신 덕분에 제가 대표가 되었습니다."

"아닙니다. 당연히 맡으셔야 할 자리를 맡으신 것뿐입니다. 지금 같은 시기에 누구보다 자동차를 잘 아시는 분이 대표가 되셔야지요."

"고마운 말씀입니다."

진동만이 자신의 집무실로 안내했다. 이어서 차가 나오고 두 사람은 잠시 한담을 나눴다.

대진이 먼저 본론을 꺼냈다.

"대한자동차는 진 대표님의 노력으로 두 종류의 내연기관을 성공적으로 개발했습니다. 아울러 목표했던 승용차와 화물차, 그리고 경유기관차 생산도 완전히 자리를 잡았습니다. 그래서 저는 대한자동차의 미국 진출을 적극 검토해 봐야 할 때가 되었다고 생각하는데 어떻게 생각하십니까?"

진동만의 대답이 바로 나왔다.

"전적으로 동감합니다. 우리의 앞선 기술력이라면 충분히 미국 시장에 안착할 수 있을 것입니다."

"부품 규격화와 생산 시스템은 어떻습니까?"

"부품 규격화는 기술 개발과 함께 진행된 사안입니다. 그런 노력 덕분에 다양한 부품을 규격화할 수 있었고요. 생산도 컨베이어시스템이 완전히 정착되어 있어서 그 또한 문제가 전혀 없습니다."

"현지에서 전기만 제대로 공급된다면 문제가 없다는 말씀이군요."

진동만이 장담을 했다.

"그렇습니다. 당장 미국에 진출한다고 해도 문제가 될 것은 전혀 없습니다. 하지만 모든 부품을 우리 것으로만 채울 수는 없지 않겠습니까?"

"물론이지요. 주요 부품이나 엔진만 우리가 공급하고 나머지 부품은 현지에서 조달을 해야지요. 그래야 미국 진출에 의미도 있고요."

"맞는 말씀입니다. 모든 부품을 우리가 조달을 한다면 현지 진출의 의미가 상당히 퇴색되지요. 그리되면 미국인들이나 미국 정부도 달갑지 않게 생각할 것이고요. 그런데 미국 진출을 우리의 독단으로 진행하실 겁니까?"

대진이 고개를 저었다.

"아닙니다. 합작으로 추진하려고 합니다."

진동만이 의아해했다.

"합작이라니요? 우리가 자본이 없는 것도 아닌데 그렇게 할 필요가 있겠습니까?"

"미국의 내부 사정은 혼란스럽습니다. 총기 소지가 자유로워서 언제라도 대형 사고가 터질 수도 있고요. 더구나 인종차별도 심해 동양인에 대한 시각도 상당히 부정적입니다. 그런 미국에서 안정적으로 사업을 운영하기 위해서는 미국 자본과의 합작이 필수라고 해도 과언이 아닙니다."

진동만이 아쉬워했다.

"안타깝군요. 우리가 독점하고 있는 사업을 합작해야 한다니요."

대진이 그를 위로했다.

"합작이 꼭 나쁜 것만은 아닙니다. 현지 합작 법인을 세우게 되면 미국 기업이 됩니다. 그렇게 되면 미국 구매자들의 반감을 최대한 줄일 수가 있습니다. 아울러 동업자의 역량에 따라 후발주자의 시장 진입을 늦추거나 무너트릴 수도 있고요."

흐렸던 진동만의 안색이 밝아졌다.

"그렇군요. 그런 효과를 생각한다면 합작을 아쉽게 볼 이유가 없네요."

"그렇습니다. 우리가 단독으로 진출하면 분명 견제와 질시를 받게 됩니다. 그러다 보면 생각지도 않는 공격을 받을 가능성이 높고요. 그런 일을 방지하기 위해서라도 합작이 맞습니다."

진동만도 적극 동조했다.

"알겠습니다. 우리 회사가 무엇을 준비하면 되겠습니까?"

"미국 투자자에게 보여 줄 합작 사업계획서가 필요합니다. 그 계획서를 대한자동차에서 작성해 주셨으면 합니다."

대진이 서류 한 장을 건넸다. 그 서류에는 설립될 공장의 규모에 대한 내용이 들어 있었다.

서류를 살핀 진동만이 확인했다.

"이 조건에 맞춰서 준비를 하겠습니다."

"감사합니다. 주의하셔야 할 점은 미국에서 생산할 자동차는 보급형 차량입니다. 그러니 사업계획서는 거기에 맞춰 준비해 주시기 바랍니다."

"고급 차량은 본국에서 생산해 수출을 하겠다는 말씀이군요."

"이 시대에는 아직 없는 차별화전략이 판매에 훨씬 도움이 될 것 같아서요."

"알겠습니다. 화물차도 대형과 소형 두 종류로 준비하겠습니다."

"그렇게 해 주십시오."

"언제까지 준비하면 되겠습니까?"

"9월 하순에 미국으로 넘어가려고 합니다. 그러니 그 이전까지 준비를 해 주시면 됩니다."

"최선을 다해 일정을 앞당겨 보겠습니다."

"감사합니다."

대진은 하루를 남포에서 머물렀다.

이날 저녁.

대진은 진동만의 대표 취임도 축하할 겸해서 연회를 열었다. 연회는 20여 명의 자동차 임직원이 참석했으며 대진은 이 자리에서 미국 진출을 모두에게 알렸다.

그런 다음 날 대진은 다시 요양으로 올라왔다. 요양에 도착해서는 바로 회사로 넘어갔다.

송도영이 인사했다.

"잘 다녀오셨습니까?"

"그래, 별일 없었지?"

"방금 일본에서 급보가 날아왔습니다. 규슈공화국통령인 사이고 다카모리가 자결을 했다고요."

대진이 깜짝 놀랐다.

"사이고 다카모리가 자결을 하다니. 그럼 열도 내전이 끝났다는 말이잖아?"

"자세한 사정은 아직 모릅니다. 허나 끝까지 저항하던 사이고 다카모리와 그의 핵심 몇 명이 집단 자결을 했으니 전쟁은 끝났다고 봐야지요."

대진이 크게 아쉬웠다.

"하룻밤에 세상이 바뀐다고 하더니, 하루 자리를 비운 틈에 그런 급보가 날아왔네. 그나저나 몇 달은 더 버틸 줄 알았는데 끝내 여름을 넘기지 못하고 무너졌어."

"규슈공화국의 역량으로는 한 번 기울어진 전황을 돌리기 어려웠을 겁니다."

대진도 이 말에는 동조했다.

"그랬을 거야. 규슈가 아무리 준비를 잘했다고 해도 일본이 국운을 걸고 뛰어든 전쟁이었어. 우리와 전쟁하기 전이었다면 모르지만 지금의 일본군은 과거의 오합지졸이 아니야."

송도영도 적극 동조했다.

"맞는 말씀입니다. 그리고 내일 오전 내각회의에 참석하라는 연락이 왔습니다."

"알겠어."

다음 날.

수상의 주재로 내각회의가 열렸다. 회의 주제는 열도 내전의 종전이었다.

심순택이 모두발언을 했다.

"전날 규슈공화국의 사이도 다카모리가 자결을 했다는 소식을 접하셨을 겁니다. 그에 따라 일본 내전이 1년여 만에 종전을 맞게 되었습니다. 오늘은 일본 내전의 종전이 우리에 미치는 영향과 그에 따른 대책을 논의해 보려고 합니다."

　수상의 발언에 이어서 각 부서가 돌아가면서 의견을 냈다. 그런 의견의 말미에 국방대신 장병익이 나섰다.

　"이번 열도 내전을 지켜보면서 의외였던 점은 일본 해군의 군사력입니다. 해군의 군사력은 보유 함정에서 나온다고 해도 과언이 아닙니다. 일본은 이번에 4,000톤급 함정과 2,000~3,000톤급 함정 10여 척을 동원했습니다. 그것도 대부분 최신예 함정이었지요. 그런 사정을 감안하면 일본 해군이 짧은 시간에 전력을 급상승했다고 봐야 합니다."

　대진이 나섰다.

　"영국은 본국의 급격한 성장을 경계하고 있습니다. 그래서 본국을 경계하는 차원에서 일본을 은밀히 도와주고 있는 것이 분명합니다."

　모든 대신들이 동시에 고개를 끄덕였다.

　외무대신이 나섰다.

　"청나라가 몇 년 전에 7,000톤급 전함을 들여오면서 수군 전력을 극대화했습니다. 그런 청나라의 영향도 상당히 받았을 것입니다."

　대진이 적극 동조했다.

"정확한 지적이십니다. 몇 년 전 청나라의 북양해군이 규슈공화국의 나가사키에서 난동을 부린 적도 있었습니다. 수백 명의 청나라 수병이 나가사키 시내를 휩쓸며 각종 문제를 일으켰다고 합니다. 그로 인해 많은 사람이 다친 것은 물론 민간 부녀자들이 강간을 일을 당한 경우도 부지기수였다고 합니다. 그런데도 청나라는 거기에 대해 제대로 된 사과조차 하지 않았지요."

외무대신이 바로 동조했다.

"아무리 열도가 분리되어 있었다고 해도 그런 소식을 들은 일본은 크게 격분했을 것입니다."

"그렇습니다. 그런 청국에 맞서기 위해서라도 해군력을 증강시켜야 한다는 목표를 설정했을 겁니다. 거기에 우리를 견제하려는 영국의 지원이 맞물려 일본 해군이 급성장한 것 같습니다."

공업대신이 질문했다.

"말씀을 들어 보니 지금의 해군력은 일본보다 청국이 우세한 것 같습니다. 제 생각이 맞나요?"

대진이 고개를 저었다.

"객관적인 전력은 그렇습니다. 그렇지만 실질적인 전력까지 그렇다고 할 수는 없습니다."

공업대신이 고개를 갸웃했다.

"해군은 함정의 보유 대수와 규모로 전투력을 평가한다고 알고 있습니다. 그런 제 생각이 잘못된 것인가요?"

대진이 고개를 저었다. 그러고는 일본과 청국의 해군 사정을 상세히 설명했다.

"아닙니다. 본래라면 공업대신님의 말씀이 맞습니다. 외형만으로는 청국의 북양수사가 일본을 압도하는 것이 분명합니다. 그러나 문제는 내실입니다. 일본 해군은 영국의 지속적인 지원을 받으면서 함대 운영을 선진화하고 있습니다. 반면에 청국은 병력 운영에서 아직도 구태를 벗어나지 못하고 있어서 전투력이 크게 떨어지는 문제가 있습니다."

장병익이 부언을 했다.

"지난 한청전쟁 당시 북양군의 무장은 일본군보다 우수했습니다. 30년 가까이 양무운동을 진행해 온 덕분이지요. 그런데 실상은 전혀 달라서 우리와의 전투에서 지리멸렬했었습니다. 그렇게 된 원인은 청나라가 추구하고 있던 중체서용(中體西用)의 모순 때문이지요."

교육대신이 이의를 제기했다.

"중체서용은 나쁜 사상은 아닙니다. 청나라의 고유한 정체성을 유지하면서 서양을 이용한다는 발상이니까요."

대진이 적극 동조했다.

"맞는 말씀입니다. 그러나 자신들의 정체성을 고집하면서 불협화음이 발생하고 있는 것이 문제이지요. 특히 군사 부문에 있어서는 무기와 기술은 선진화되어 있는 데에 반해 병력의 운용은 여전히 과거를 답습하고 있습니다. 그 결과 외형보다 실질 전투력이 크게 떨어지고 있는 것이 현실입니다."

"그렇다는 것은 지금의 전력을 갖고 양국이 부딪혀도 일본이 밀리지 않는다는 거군요."

대진이 한발 물러섰다.

"속단할 수는 없습니다. 하지만 북양수사가 과거의 병력 운용 체계를 답습하고 있다면 승패를 장담할 수 없을 것입니다."

장병익이 지적했다.

"나가사키에서 벌어졌다는 난동 사건도 북경수사의 구태의연한 병력 관리 때문일 수도 있겠어."

"저는 그렇다고 생각합니다."

수상 심순택이 나섰다.

"두 분의 말씀을 종합하면 청나라보다 일본 수군을 더 경계해야 한다는 말씀이군요."

장병익이 인정했다.

"그렇습니다. 우리 육군은 청나라의 육군을 압도하고 있습니다. 더구나 우리 정보 요원들이 깔려 있어서 청나라 병력의 움직임은 수시로 살펴볼 수가 있지요. 그러나 일본은 바다를 경계로 하고 있어서 이번처럼 해군의 병력 양성은 제대로 파악하지 못하는 면이 없잖아 있습니다."

"그렇군요. 지금까지 그래 왔지만 앞으로도 일본에 대한 경각심을 절대 늦춰서는 안 되겠어요."

"그렇습니다. 험난한 과정은 거쳤지만 일본은 열도를 통일했다는 만족감에 충만해 있을 것입니다. 이러한 시기에 돌발행동이 나올 수가 있으니 특히 더 조심해야 합니다."

내각 대신들은 각자의 생각을 밝혀 나갔다. 그렇게 의견이 개진되면서 일본에 대한 대응 방안은 점차 형태를 갖춰 나갔다.

그렇게 얼마의 시간이 흐른 뒤.

대진이 발언할 기회를 가졌다.

"이번에 미국으로 건너가 자동차 회사를 설립하려고 합니다."

이러면서 자신의 생각을 밝혔다.

대신들은 대한자동차의 미국 진출을 염두에 두고 있었다. 그래서 대진의 발언에 대해 누구도 놀라지 않았다.

외무대신 장경태가 나섰다.

"드디어 자동차가 미국 시장에 진출하는군요. 그렇지 않아도 대한화학이 듀폰과의 합작에서 막대한 수익을 거두고 있었는데 아주 잘되었습니다."

재무대신도 동조했다.

"옳은 말씀입니다. 자동차의 미국 진출은 본국의 위상을 더한층 상승시킬 것입니다."

장병익이 우려했다.

"좋은 일임에는 분명합니다. 하지만 본국이 독단적으로 진출하는 것은 문제가 되지 않겠습니까?"

대진이 바로 대답했다.

"맞습니다. 그래서 저는 미국과의 합작을 계획하고 있습니다."

심순택 수상이 고개를 갸웃했다.

"우리가 우리 기술로 회사를 여는 데 무슨 문제가 있다는 말씀이십니까?"

대진이 설명했다.

"본국은 미국과 아직은 활발한 교류나 교역을 하지 않고 있습니다. 있다고 해야 하와이진주만이 연관되어 시작된 화학 합작이 고작이지요. 그런 상황에서 본국 회사가 직접 미국에 투자해서 사업을 영위한다면 상당한 문제가 발생할 가능성이 높습니다. 미국은 아직까지 인종차별이 많은 사회라는 점도 큰 문제이고요."

심순택이 반문했다.

"하지만 대한화학 직원이 현지에서 문제가 된 적은 지금까지 없었잖습니까?"

"대한화학 직원들은 전부가 기술직이어서 미국의 일반인과의 접촉이 거의 없을 것입니다."

장병익도 거들었다.

"미국에서 노예해방이 된 지 수십 년입니다. 그럼에도 아직까지 화장실도 별도로 사용해야 하며 식당에도 자리가 따로 있습니다. 아예 흑인은 출입도 못 하게 하는 식당도 있고, 기차도 흑인만이 타는 전용 칸이 있을 정도입니다."

심순택이 씁쓸한 표정을 지었다.

"미국은 민주주의가 발달한 사회라고 들었습니다. 그런데 실상은 우리보다 불평등과 차별이 만연한 사회로군요."

"예, 그렇습니다."

"안타까운 사실이네요."

심순택이 대진을 바라봤다.

"상황이 그렇다면 합작을 하는 것이 맞겠지요. 그러면 어떤 방식으로 합작을 하려고 합니까? 화학은 미국에 화학회사가 있어서 합작이 쉬웠지만 자동차는 환경이 다르지 않습니까?"

"그렇습니다. 미국에는 아직 제대로 된 자동차조차도 만들지 못합니다. 있다고 해 봐야 초기 형태의 기관을 장착한 이동수단에 불과하지요. 그래서 현지 회사와의 합작은 불가능합니다."

"그러면 어떻게 합작을 하려는 겁니까?"

대진의 대답이 주저 없이 나왔다.

"기본적인 틀은 본국의 기술력과 미국 자본의 결합입니다."

이어서 자신의 계획을 설명했다.

계획은 이전과는 다른 방식이어서 중간에 질문도 상당히 많았다. 덕분에 설명이 끝났을 때는 상당한 시간이 흘러 있었다.

"……이런 방식으로 진행하려고 합니다."

한상태가 우려했다.

"지금의 미국은 독점 시대라고 해도 과언이 아닙니다. 그런 미국에서 후작님이 원하는 합작 상대를 찾아낼 수 있겠습니까?"

대진도 동조했다.

"예, 맞습니다. 결코 쉽지 않을 것입니다. 미국은 황금만능주의가 판을 치는 사회입니다. 그렇다 보니 돈이 되는 일은 무엇이든 하려고 하고 때문에 살인도 서슴지 않을 정도이지요. 그렇다고 해도 합작 파트너를 구할 수 없을 정도는 아닙니다. 아니, 제 솔직한 생각으로는 합작 지원자가 쏟아질 것으로 예상됩니다."

"경쟁이 심화되면 문제가 되지 않을까요? 기왕이면 합작 파트너를 선정해서 가시지 않고요."

대진이 고개를 저었다.

"아닙니다. 자동차 합작은 장차 엄청나게 성장하는 사업입니다. 그런 사업의 파트너를 함부로 선정할 수는 없다고 생각합니다. 그래서 직접 이름 있는 사람들을 만나 보려고 합니다."

장병익이 지지했다.

"동의합니다. 나중을 위해서라도 직접 만나 보는 것이 좋습니다. 그 대신 만일에 대비해 경호 인력은 충분히 데려가도록 하세요."

장병익은 지금까지 대진을 적극 지지해 왔다. 그런 그가 다시 또 적극 지지하고 나섰다.

3장

대진이 환하게 웃었다.

"감사합니다. 믿어 주시는 만큼 반드시 좋은 성과를 거두고 돌아오겠습니다."

심순택도 적극 지지했다.

"이 후작님이라면 이번에도 좋은 결과를 가져오시리라 믿어 의심치 않아요."

"감사합니다, 총리님."

다른 대신들도 하나같이 덕담을 했다. 대진은 그런 대신들에게 감사를 표시하면서 인사했다.

내각의 승인을 받은 대진은 바쁘게 움직였다.

대진은 먼저 미국공사관을 방문했다.

대진의 미국 방문 계획을 들은 푸트 공사가 반색을 했다.

"오오! 우리 미합중국 사업가와 자동차 합작 공장을 하시겠다고요?"

"그렇습니다. 고급 자동차는 지금처럼 본국에서 생산을 해서 수출할 것입니다. 그 대신 보급형 승용차와 버스와 화물차는 현지에서 합작 생산을 할 계획입니다."

"잘 생각하셨습니다. 우리 합중국은 이민자를 포함해서 해마다 인구가 130여만씩 늘어납니다. 그래서 지금도 6,000만이 훨씬 넘지만 다가오는 1900년경에는 8,000만에 가까워질 것입니다."

대한제국도 그동안의 노력으로 급속하게 인구가 증가하고 있었다. 그러나 아직은 절대적인 인구수가 미국보다 열세여서 130여만의 인구 증가가 실감 나지 않았다.

대진이 놀랐다.

"대단하군요. 본국도 지난 20여 년 동안의 개혁으로 인구가 폭증하고는 있습니다. 그럼에도 한 해 130여만 명씩 늘어나지는 않습니다."

푸트 공사가 크게 웃었다.

"하하하! 당연하지요. 귀국이 발간한 인구조사서에 따르면 귀국의 인구가 이제 3,000여만이 넘었다고 하더군요. 그런 귀국이 한 해에 130만씩 증가할 수는 없지요. 본국은 유럽에서의 이민자를 포함했기 때문에 그렇게 인구가 늘어나는 겁니다."

"그렇겠지요. 귀국은 유럽의 이민자 수가 엄청나니 인구가 해마다 폭증하겠지요."

"예, 그렇습니다."

그렇게 답한 푸트 공사는 목소리를 낮춰 물었다.

"그런데 누구와 합작할지는 생각을 해 보셨습니까?"

대진이 고개를 저었다.

"아직 확정한 바는 없습니다."

"그럼 제가 추천을 드려도 되겠습니까?"

"아닙니다. 말씀은 고맙지만 이번 일만큼은 제가 직접 넘어가서 여러 사람들을 만나 보고 결정하려고 합니다."

"그러시군요. 저도 많은 사람을 알고 있어서 좋은 투자자를 소개할 수도 있는데, 아쉽군요."

대진이 거듭 고개를 숙였다.

"공사님의 배려는 마음으로 받겠습니다."

푸트 공사는 아쉬웠다.

자신의 중재로 합작이 성사되면 적잖은 이권을 받을 수 있었기 때문이다. 그러나 대진의 은근한 거절에 더 강요하지 않고 바로 마음을 정리했다.

"알겠습니다. 그런데 후작님은 외교관 신분이어서 비자를 새로 발급하실 필요가 없지 않습니까? 그리고 동행하는 분들의 비자 신청이라면 비서를 보내도 될 일인데 직접 찾아오신 것이 의외입니다."

대진이 고개를 숙였다.

"현지 공사관을 통해 미국에 대한 정보를 입수하는 정보도 적지 않습니다. 그러나 큰일을 추진하는 입장에서는 다양한 정보를 입수하는 것이 좋아서 공사님께 조언을 듣기 위해 찾아뵈었습니다."

푸트 공사가 크게 고개를 끄덕였다.

"잘 생각하셨습니다. 공사관이 입수한 정보도 중요하지만 저 같은 사람에게 직접 듣는 것이 더 확실하지요. 그래, 무엇을 알고 싶으십니까?"

"미국에서 가장 유명한 사업가나 투자자가 누구인지 우선 듣고 싶습니다."

푸트의 설명이 시작되었다.

"지금의 미국의 산업은 철도와 철강, 석유와 금융이 이끌고 있습니다. 그리고 얼마 전부터 급부상하고 있는 분야가 화학인데, 이는 귀국과 합작으로 몸집을 불린 듀폰이 주도하고 있지요."

대진도 익히 알고 있는 사실이었다. 그런데 그중에서도 의외라고 생각하는 부분이 있었다.

"미국의 금융이 다른 산업과 어깨를 나란히 할 정도로 발전해 있습니까?"

"물론이지요. 미국은 금융이 없으면 산업이 돌아가지 않을 정도입니다. 어떤 사업이든 투자를 받아야 해서 월 스트리트는 항상 문전성시를 이루고 있지요."

"미국은 증권거래도 활성화되어 있지요?"

푸트 공사의 고개가 바로 끄덕여졌다.

"물론입니다. 1817년 뉴욕증권거래소가 개장된 이후 많은 미국인들이 적극적으로 주식 투자에 나서고 있지요."

대진이 알고 있는 내용을 확인했다.

"푸트 공사께서 말씀하신 철도, 철강, 석유 중에서 철도는 벤더필드, 철강은 카네기, 석유는 록펠러가 장악하고 있지요?"

푸트 공사의 고개가 격하게 끄덕여졌다.

"역시 한국의 대외 교섭을 전담하고 계시는 후작님이십니다. 맞습니다. 세 사람이 각 산업을 주도하고 있지요. 그중에서도 록펠러는 미국 석유의 90% 이상을 장악한 상황이고요."

"대단하군요. 미국 석유 시장의 90% 이상이라면 완전 독점이네요."

"그렇습니다. 누구도 넘볼 수 없는 독점이지요."

대진이 문제점을 지적했다.

"그렇게 과도한 독점이 되면 시민들에게는 상당한 불이익이 따를 텐데요. 그런 독점을 미국 정부에서 제재하지 않나요?"

"그렇지 않아도 지난 1890년 존 셔먼 상원의원에 의해 발의된 독과점법이 통과되기는 했습니다. 그러나 아직은 유명무실한 상태이지요."

"그렇군요."

잠깐 생각하던 대진이 질문을 이어 갔다.

"금융도 독과점체제입니까?"

"독과점은 아닙니다."

"금융가 중에서는 누가 유명합니까?"

푸트 공사의 대답이 바로 나왔다.

"제가 아는 사람은 J.S.모건 앤 컴퍼니의 설립자인 주니어 스 스펜서 모건의 아들인 존 피어폰트 모건입니다."

"아버지보다 아들이 더 유명하다는 겁니까?"

푸트 공사가 설명했다.

"아버지도 나름은 유명한 금융가이지요. 그러나 아들은 그 보다 훨씬 더 능력이 뛰어납니다. JP모건으로도 불리는 그는 젊은 시절부터 놀라운 활약을 펼쳐 왔지요. 특히 1870년에 벌어진 프로이센·프랑스전쟁에서 프랑스가 발행한 국채를 대거 매입해서 막대한 수익을 거뒀지요. 본국의 남북전쟁에 서도 주변 사람들의 도움으로 큰 수익을 거두기도 했고요."

"기회를 잘 이용했다는 말이군요."

"그렇습니다. 그는 적재적소에 투자를 해서 막대한 수익을 거두고 있지요. 그래서 아버지보다 아들이 훨씬 더 유명합니 다. 들리는 말로는 JP모건은 아버지의 동업자들과 이견이 많 다고 합니다. 그 때문에 아버지가 돌아가시면 별도의 회사를 설립한다는 말이 공공연하게 나오고 있을 정도입니다."

"자신의 이름을 건 회사를 설립하고 싶은 거로군요."

"그렇겠지요. 그리고 자신의 판단과 결정으로 거둔 수익을 아버지의 동업자와 나누는 것이 싫었겠지요."

"그럴 가능성이 높겠네요."

푸트 공사는 미국에 대해 다양한 정보를 알려 주었다. 그런 정보 중에는 인종차별도 빠지지 않았다.

"부끄러운 일이지만 아직까지도 우리 미국은 인종차별에서 자유롭지 않습니다."

대진이 질문했다.

"그렇다는 말은 들었는데 어느 정도이지요?"

"다양합니다. 식당과 화장실을 분리하는 것은 기본이고 아직도 흑인을 받아들이지 않는 학교가 있을 정도이지요."

"가장 평등해야 할 학교도 차별을 한다고요?"

"안타깝지만 그렇습니다."

"흑인에 대한 차별이 그 정도라면 우리 같은 황인종에 대해서도 차별이 심하겠군요."

"솔직히 아니라는 말은 못 하겠네요. 하지만 귀국에 대한 인식은 많이 다릅니다."

"그래요?"

"인종차별의 근간은 유색인종은 미개하고 어리석다는 데에서 시작됩니다. 특히 흑인에 대해서는 더 그러하고요. 그런 관점에서 동양인도 비슷한 취급을 받고 있는 것이 사실입니다. 그런데 귀국에서 만든 제품들, 특히 자동차와 각종 약품, 그리고 화학제품이 미국 시장에 쏟아져 들어가면서 그러한 인식이 많이 바뀌고 있지요."

"동양인은 다르다는 겁니까?"

"그렇습니다."

대진이 피식 웃었다.

"다르다는 인식도 백인의 관점일 뿐이지 않습니까? 인간은 피부색과 관계없이 존중받아야 하는 존재입니다."

푸트 공사도 인정했다.

"후작님의 말씀이 맞습니다. 솔직히 귀국만 따져 보면 놀라운 점이 하나둘이 아니지요. 하지만 동양이 전반적으로 서양보다 뒤처져 있는 것은 분명한 사실이지 않습니까?"

대진이 지적했다.

"그건 맞습니다. 그렇다고 해서 차별을 해서는 안 되지요."

"원론은 맞습니다. 그러나 세상이 원리원칙으로 흘러가는 것은 아니지 않습니까? 그리고 그런저런 문제가 많습니다만 미국이 기회의 땅인 것만은 분명한 사실입니다."

이 말에 대진이 적극 동감했다.

"옳은 말씀입니다. 저도 미국 시장을 세계에서 가장 중요하게 생각하고 있지요. 그래서 직접 들어가서 합작을 하려고 생각하는 거고요."

"잘 생각하셨습니다. 미국은 후작님을 절대 실망시켜 드리지 않을 것입니다."

푸트 공사는 미국의 현실에 대해 다양한 정보를 알려 주었다. 그의 정보는 기록에 나와 있는 것도 많았지만 그렇지 않은 것들도 많았다.

미국의 위상은 시간이 지날수록 더 높아질 수밖에 없었다. 대진은 그러기 때문에 미국 공략에 공을 들이고 있었으며 정보를 얻기 위해 사흘 동안 미국공사관을 방문했다.

그런 마지막 날.

대진이 손을 내밀었다.

"귀중한 정보 너무 고마웠습니다."

푸트 공사가 손을 마주 잡았다.

"아닙니다. 제가 드린 정보가 후작님의 미국 투자와 합작에 도움이 되었으면 좋겠습니다."

"미국은 머잖아 세계 최고의 대국으로 거듭나게 될 것입니다. 그런 미국에, 우리 대한제국은 지금부터 다양한 방법으로 투자와 합작을 진행할 것입니다. 그러기 위해서는 현지 정보가 얼마나 중요한지는 말할 필요도 없지요. 지난 사흘간의 공사님 배려에 감사를 표시합니다."

미국 공사관을 나온 대진은 회사로 돌아와서는 본격적인 출장 준비에 들어갔다.

대진은 외교관 신분이어서 비자가 필요 없다. 하지만 대진의 비서와 경호원들은 전부 미국 비자를 신청해야 했다.

미국은 고립주의를 채택하고 있어서 비자를 얻기는 상당히 어렵다. 그러나 푸트 공사의 배려로 한 달여 만에 비자를 취득할 수 있었다.

수행원들의 비자가 나온 날.

대진이 황제를 알현했다.

그리고 미국 출장 일정을 보고했다. 대진은 황제에게 자동차 합작 사업 보고를 오래전에 했었다.

"언제 출발할 것이오?"

"8월에 출발하는 정기여객선의 운항 일정에 맞춰 출발하려고 합니다."

"그때는 바람이 많이 불 터인데 일정을 조금 늦추지 않고요."

"태평양을 횡단하는 정기여객선의 규모가 커서 별문제가 없을 것입니다. 그리고 미국에서 해야 할 일도 많고 만나야 할 사람도 많아서 마음이 급하옵니다."

황제가 빙긋이 웃었다.

"이 후작께서는 어디로 출장 가든 늘 침착했습니다. 그런 이 후작이 이런 말을 할 정도로 미국 출장이 많이 신경 쓰이나 봅니다."

"솔직히 그렇사옵니다."

"그만큼 미국이 대단하다는 의미겠지요?"

"이전에도 보고를 드렸지만 미국의 저력은 엄청납니다.

영국을 비롯한 유럽 제국들은 식민지를 바탕으로 대국이 되었습니다. 하지만 미국은 자국 영토만으로 강국으로 성장하고 있습니다. 그런 미국의 심장부로 들어가야 해서 그런지 설레기도 하고 긴장도 됩니다."

대한제국은 그동안 많은 일을 겪었다.

몇 차례 전쟁을 치르면서 동양의 최강대국으로 성장했다. 마군의 선진기술이 속속 구현되면서 경제 발전은 급속도로 진행되고 있었다.

황제는 이 모든 과정을 몸소 겪고 있었다. 그러면서 불혹의 나이가 되니 경륜이 한층 깊어졌다.

그런 황제가 핵심을 짚었다.

"자동차는 우리 대한제국의 기간산업 중 하나입니다. 그럼에도 미국에서 합작하겠다는 것은 그만큼 현지 사정이 만만치 않다는 의미겠지요?"

대진은 내심 감탄했다.

미국의 사정을 설명하지 않았음에도 황제가 핵심을 짚었기 때문이다.

대진의 머리가 절로 숙여졌다.

"폐하의 짐작대로 지금의 미국은 직접투자 하기에 좋은 환경이 아닌 게 맞습니다."

"그럼에도 진출해야 하는 적기란 말이지요?"

"그렇습니다. 본국의 자동차가 양산된 이후 전 세계의 자동차 개발 시계는 급격히 빨라졌습니다. 이런 사정은 미국이라고 해서 예외는 아니고요. 이대로 몇 년만 지나면 우리 자동차를 모방한 제품이 등장할 가능성이 높습니다. 그래서 이번 기회에 미국 최고의 투자자와 인연을 만들어 미국에 합작회사를 설립하려고 합니다."

"이 후작의 염원대로 합작이 이뤄지기를 짐이 기원하리라."

"황감하옵니다, 폐하."

황제에게 덕담을 들은 대진이 황궁을 나왔다. 그러고는 며칠을 더 준비한 끝에 부산으로 내려가 장도에 올랐다.

아직은 미국과의 왕래가 많지 않은 시기다. 그래서 미국을 왕복하는 정기여객선은 수송선을 개조해서 사용하고 있었다.

여객보다 물류 수송이 주력이라는 의미다.

이렇게 하면서까지 정기여객선을 운용하는 까닭은 수익성보다 미국과의 교류 상징성 때문이다.

더구나 대한제국은 태평양을 내해로 만들려는 원대한 계획을 갖고 있었다. 그런 계획 때문에라도 당장의 손익을 따질 수는 없었다.

그래도 운항 수익을 좀 더 남기기 위해 일본의 요코하마를 거쳤다. 그리고 태평양함대가 있는 하와이를 들르는 것은 당연한 항로였다.

이렇게 두 곳을 거쳐야 해서 종착지인 캘리포니아까지는 한 달여가 걸린다.

정기여객선은 대한해협을 건너 간몬해협을 통과하고는 시코쿠를 돌아 요코하마로 올라갔다.

대진은 한일전쟁 이후 지금까지 요코하마를 찾은 적이 없었다. 그동안 다른 업무로 바빴지만 일본을 찾아야 할 일이 별로 없었기 때문이다.

그 바람에 무려 10년여 만에 찾은 요코하마였다. 그런데도 이전에 비해 크게 변한 것이 없었다.

비서가 슬쩍 질문했다.

"오랜만에 오셔서 감회가 새로우시겠습니다."

"꼭 그렇지도 않아. 요코하마에 다시 온 것이 10년 세월인데 그때와 별로 달라진 것이 없네. 뭐, 그때보다 도시가 커졌다는 것은 알겠지만 전체적인 느낌은 비슷해."

대진의 비서가 확인했다.

"후작님, 요코하마가 한일전쟁 당시에 포격을 받지 않은 유일한 도시 아닌가요?"

"그랬었지. 지금도 그렇지만 요코하마에는 외국 공사관이 모여 있어서 영국공사가 특별히 포격을 하지 말아 달라고 부탁했었지."

"그래서 변하지 않은 거 아닐까요? 일본은 여기보다는 잿더미가 된 동경과 오사카 등을 재건하는 데 역량을 집중했지 않겠습니까?"

맞는 말이었다.

일본은 전쟁 이후 잿더미가 된 열도를 재건하기 위해 총력을 기울여 왔다. 당연히 포격을 받지 않은 요코하마는 그런 노력에서 제외되었다.

그렇다 보니 요코하마는 다른 도시에 비해 상대적으로 발전이 덜했다. 늘 역동적으로 변하는 본토의 도시를 보아 왔던 대진은 그래서 변화를 별로 느끼지 못하고 있었다.

"그럴 수도 있겠구나. 한일전쟁 당시 우리가 열도의 도시들을 거의 초토화했었지. 일본의 역량으로는 그런 도시 재건에 집중하느라 요코하마까지 개발할 여력은 없었나 보구나."

"예, 그리고 우리 한국관 덕분에 지역경제가 활발해서 더 신경을 쓰지 않았을 수도 있습니다."

"그 말도 맞다."

이러던 대진이 고개를 돌렸다.

일본은 아직까지 독자적으로 미국을 왕복하는 여객선을 띄우지 않고 있었다. 그래서 부산에서 출발하는 여객선이 유일한 운송 수단이었다.

요코하마의 국제 여객선 부두는 한국관과 붙어 있었다. 부산에서 출발한 여객선이고 대한조선이 운용하고 있기 때문이다.

덕분에 갑판에서도 한국관 일대의 전경을 어렵지 않게 살펴볼 수가 있었다. 한국관 주변에는 일본 상인과 인부들이 북적이고 있었다.

비서가 설명했다.

"일본은 경제권이 오사카와 동경으로 분리되어 있다고 합니다. 생활관습도 많이 달라서 오사카의 인삿말이 동경에서는 욕이 될 정도이고요. 그런 영향 때문인지 고베와 요코하마의 한국관에서 거래되는 물건도 상당히 다르다고 합니다."

대진이 고개를 끄덕이다 눈을 크게 떴다. 여객선으로 낯익은 사람이 다가오고 있는 것이 눈에 들어왔기 때문이다.

비서도 그를 알아봤다.

"후작님, 박정양 공사께서 오고 계십니다."

"이 비서가 내려가서 영접해라."

"예, 알겠습니다."

비서가 재빠르게 선착장으로 내려갔다. 그리고 박정양과 일행을 모시고 올라왔다.

박정양이 환하게 웃었다.

"오랜만에 뵙습니다, 후작님."

대진도 환하게 웃으며 답례했다.

"공사님, 그동안 잘 계셨습니까?"

오랜만에 만난 두 사람은 반갑게 해후했다. 그러고는 동행한 일행을 소개했다. 대진은 박정양과 함께 온 경제 담당 서기관을 한 번 더 확인했다.

"서광범(徐光範)이라고 했나?"

"예, 후작님."

대진이 몇 번이나 고개를 끄덕였다. 그러던 대진이 옆에 있는 사람에게 당부했다.

"이상재 영사께서 서광범 서기관을 많이 도와주기 바랍니다."

이상재는 박정양과 함께 일본에 오랫동안 주재하고 있었다. 그러던 이상재는 지난해 승진해 요코하마영사를 맡고 있었다.

이상재 영사가 대답했다.

"서 서기관은 부임한 지 얼마 되지 않았음에도 업무에서 뛰어난 능력을 발휘하고 있습니다."

"오! 그래요?"

박정양이 웃으며 나섰다.

"하하하! 후작님, 여기서 이러지 말고 내려가시지요. 한국관에는 본국에서 오시는 손님들을 모시기 위한 객관이 마련되어 있습니다."

대진이 비서에게 확인했다.

"배가 언제 출발하지?"

비서가 즉시 대답했다.

"이틀 후 정오여서 그동안은 내려가 주무셔도 됩니다."

"좋아. 그러면 내려가서 일을 보도록 하자. 자네는 선장에게 내 행선지를 알려 주고 오도록 해."

"알겠습니다."

박정양의 안내로 대진은 한국관으로 들어갔다. 안으로 들어간 대진의 입에서 탄성이 먼저 터졌다.

"오오! 놀랍구나. 거리 풍경이 일본이 아니라 본국이나 다름없어!"

박정양이 설명했다.

"요코하마한국관의 상주인구만 해도 수백 명이나 됩니다. 허가를 받고 드나드는 일본인은 그보다 훨씬 많고요. 그리고 수시로 우리나라 무역선이 들어오고 있어서 거리 풍경이 본국의 복사판이라고 해도 과언이 아닙니다."

박정양이 손으로 거리를 가리켰다.

"보시는 대로 도로의 중앙에는 영사관이 들어서 있습니다. 그런 영사관을 중심으로 도로 좌우로 은행과 대한무역을 비롯한 각종 회사도 십여 곳이 입주해 있습니다."

그의 설명대로 도로 변에는 한글로 된 간판들이 줄지어 늘어서 있었다. 그런 도로의 중앙에는 태극기가 게양된 영사관이 들어서 있었다.

대진은 도로 좌우를 둘러보고서 흡족해했다.

"좋네요. 거리를 둘러보는 것만으로도 생동감이 느껴집니다. 주민들의 표정에서도 자신감이 넘쳐흘러 보이고요."

대진은 곧 객관에 도착했다. 요코하마객관은 2층으로 되어 있었으며 내부는 상당히 깨끗했다.

영사 이상재가 설명했다.

"요코하마에는 정부에서 사람들이 자주 찾아오십니다. 그래서 늘 깨끗하게 정리되어 있습니다."

대진이 소파에 앉으며 만족해했다.

"예, 보기가 좋네요. 그런데 공사님, 요코하마한국관에는 주로 누가 거주하고 있지요?"

박정양이 대답했다.

"상인과 은행, 회사 직원이 많습니다. 일본인 인부들을 관리하는 용역 감독도 있고요. 식당 등을 운영하는 자영업자도 꽤 됩니다."

이상재가 부언했다.

"한국관 주변으로 상권이 꽤 넓게 형성되어 있습니다. 일본인 인부들이나 상인들을 상대하기 위해서지요."

"서 서기관, 우리 화폐의 유통은 어떤가?"

서광범이 대답했다.

"이전에는 암암리에 유통되었는데 거래가 허용된 이후부터는 폭증하고 있습니다."

"우리 화폐를 받아들이는 데 거부감은 없나?"

"우리 화폐는 이전부터 공공연하게 사용되어 왔습니다. 그래서 지폐가 유통되는 데에는 전혀 문제가 없습니다."

"일본 화폐는 사정이 어때?"

서광범이 설명했다.

"일본의 화폐는 여러 은행에서 발행되고 있습니다. 일본 은행은 전부가 국립은행 체제여서 은행명이 일련번호로 되어 있습니다."

"몇 번의 국립은행권이라고 되어 있겠구나."

"그렇습니다. 일본은 중앙은행인 일본 은행이 창립되기 전부터 여러 국립은행에서 대장성의 허가를 받아 지폐가 발행되고 있었습니다. 그러다 일본 은행이 창립되고 몇 년 후부터 지폐를 발행하고 있는 상황입니다."

"같은 액면가도 여러 종류라는 말이구나."

"그렇습니다. 표지 도안도 달라서 일본인들 중에서도 혼란을 겪는 이들이 없지 않습니다. 하지만 우리 지폐는 대한은행 단본이고 지폐 도안도 정교합니다. 그리고 우리가 더 잘사는 나라로 인식되어 있어서 일본 지폐보다 더 선호하는 상황입니다."

대진은 처음 듣는 보고였다.

"우리가 더 잘산다는 것을 보통의 일본인들도 알고 있다고?"

"예, 그렇습니다. 이곳에도 자동차를 비롯한 우리 제품들이 도처에 깔리고 있습니다. 신약도 마찬가지고요. 더구나 양곡까지 해마다 많은 양을 수입하고 있어서 우리 제국을 선망하는 일본인들이 의외로 많습니다."

대진의 가슴이 뭉클해졌다.

"한일전쟁을 겪었음에도 그런 생각을 하는 사람이 많단 말이지?"

이상재가 거들었다.

"처음에는 불복하는 자들이 상당했지요. 하지만 워낙 압도적인 패배를 한 탓에 시간이 지날수록 상황이 차츰 바뀌어 갔습니다. 그리고 우리가 청국과 프랑스를 연파하는 것을 보고는 우리나라에 대한 생각이 전체적으로 바뀌기 시작했습니다. 그런 와중에 각종 신제품이 쏟아지면서 동경하는 사람들도 상당히 많이 나오고 있는 상황입니다."

서광범이 딱 잘라 정리했다.

"일본인들은 철저하게 강약약강의 사고를 갖고 있습니다. 일본의 지도자들도 대부분 비슷한 사고를 갖고 있고요. 일본이 주장하는 화혼양재(和魂洋才)나 탈아입구(脫亞入歐)의 구호 자체도 그런 사고에서 유래된 바가 큽니다."

대진도 같은 생각을 갖고 있었다. 그러나 신진 관리인 서광범의 생각이 너무 한쪽으로 흐르는 것을 걱정했다.

"너무 일방적으로 생각하는 거 아냐?"

"그렇지 않습니다. 제가 자주 만나는 시부사와 에이이치 같은 일본 최고의 경제인도 대화를 하다 보면 우리 대한제국에 대한 경외감이 대단하다는 것을 느낄 수 있을 정도입니다."

"시부사와 에이이치는 우리가 그의 사업에 투자해 주어서 그런 거 아닐까?"

서광범도 이 점을 부인하지는 않았다.

"물론 그럴 수도 있습니다. 지금의 일본 경제에서 그가 차지하는 비중은 거의 절대적이라고 할 수 있습니다. 그런 시부사와 에이이치가 우리 대한제국에 좋은 감정을 숨기지 않는다는 것은 아주 중요한 의미라고 할 수 있습니다."

서광범의 말을 듣던 대진은 문득 의아해졌다.

"시부사와 에이이치가 공개적으로 우리 대한제국을 옹호하고 있다는 거야?"

서광범이 상황을 설명했다.

"그는 이토 히로부미와 절친한 사이입니다. 그래서 일본에서는 이토 히로부미의 돈주머니라고 불리기까지 하지요. 그런 그가 이토 히로부미의 정치생명에 치명타를 입힐 수 있는 발언을 할 수는 없습니다. 그러나 그를 아는 사람들 중에 그가 친한 인사라는 사실을 모르는 사람은 없습니다."

대진이 몇 번이고 고개를 끄덕였다.

이때 서광범이 의외의 제안을 했다.

"후작님, 오신 김에 시부사와 에이이치를 만나 보시는 것은 어떻겠습니까?"

대진이 놀라 눈을 크게 떴다.

"약속도 하지 않았는데 가능하겠어?"

"전보도 좋지만 예의가 아니니 제가 직접 가서 소식을 전하면 됩니다. 후작님의 오셨다는 소식을 들으면 열일 제쳐 두고 달려올 것입니다."

대진이 요코하마에 온 김에 시부사와 에이이치를 만나 보고 싶었다.

"좋아! 가능한지 연락을 해 보도록 해."

서광범이 바로 일어났다.

"제가 바로 다녀오겠습니다."

그가 급히 나가자 이상재가 웃었다.

"서 서기관이 아주 열정적입니다. 한양의 경향사족 중에서도 명문인 달성 서 씨 출신이지만 모든 일을 직접 하려고 합니다."

박정양도 크게 칭찬했다.

"대단한 젊은이이지요. 저대로만 잘 성장한다면 우리 정부의 큰 기둥이 될 것입니다."

개혁 초기 대진의 제안으로 신진 관리들과 인재들을 대거 선발해 교육시켰다. 그렇게 성장한 인재들은 사회 곳곳의 핵심으로 성장하고 있었다.

이상재와 서광범도 그 교육을 받았다. 그래서 대진은 서광범의 솔선수범하는 모습에 절로 흐뭇한 심정이 들었다.

대진이 이상재에게 질문했다.

"열도 내전이 끝난 지 얼마 되지 않았는데 앞으로 일본 상황이 어떻게 진행될 것 같습니까?"

이상재가 설명했다.

"일본은 이번 내전에 거의 모든 역량을 쏟아부었다고 해도 과언이 아닙니다. 그래야 할 만큼 상황이 만만치 않았으니까요. 그래서 승리는 했지만 후유증은 상당할 것으로 예상됩니다."

여기까지는 예상하는 범위였다. 그러나 이상재의 다음 발언은 대진의 표정을 심각하게 만들었다.

"그런데 일본은 징집한 병력을 전혀 해산하려 하지 않습니다. 그뿐만 아니라 규슈공화국의 병력도 통합하려 하고 있고요."

대진의 고개가 절로 갸웃해졌다.

"그게 무슨 말이지요? 내전을 끝냈으면 필요 없는 병력은 해산을 해야 정상입니다. 가뜩이나 재정도 빈약해서 우리에게 차관을 받아서 양곡을 구매해 갔으면서 병력을 더 모으다니요."

"대외적으로는 규슈 민심을 수습하기 위함이라고는 했습니다. 하지만 뭔가 이해가 되지 않아 은밀히 알아본 바에 따르면 내각회의에서 결정한 사항이라고 합니다."

대진의 이마가 와락 찌푸려졌다.

"으음! 일본이 따로 무슨 흉계를 꾸미고 있는 것이 분명하군요."

"저도 그런 생각이 들었습니다. 그래서 공사님께 보고를 드리고 본국으로 긴급 전문을 보내려고 하던 차에 후작님께서 오신 것입니다."

박정양이 나섰다.

"상황이 심상치가 않습니다. 그래서 본부로 긴급 전문을 보낼 생각입니다."

"본국에 보고하십시오. 이런 문제는 본국에서도 당연히

알고 있어야지요."

이상재가 제안했다.

"내일 시부사와 은행장을 만나시면 일본의 속사정을 직접 알아보십시오."

"그래야겠네요. 일본 경제를 이끌어 가는 사람이니만큼 일본 내각의 속내를 누구보다 잘 알고 있을 겁니다."

다음 날.

요코하마에서 동경은 수시로 기차가 운행하고 있었다. 시부사와 에이이치는 이른 아침 기차를 타고 서광범과 함께 한국관을 찾았다.

시부사와 에이이치는 정중히 몸을 숙였다.

"오랜만에 뵙습니다, 후작님."

"반갑습니다, 시부사와 은행장."

대진이 손을 내밀자 시부사와 에이이치는 허리도 펴지 않고 그 손을 잡았다.

"제일은행을 비롯한 사업들이 잘되고 있다는 보고는 늘 받고 있었습니다."

"감사합니다. 모든 것이 후작님께서 저를 믿고 투자해 주신 덕분입니다."

"능력 있는 사업가에게 투자하는 것은 당연한 일이지요. 덕분에 투자 배당금을 충분히 받고 있어서 고마울 따름입니다."

시부사와가 더 몸을 숙였다.

"투자에 대한 배당금 지급은 당연히 해야 할 일입니다."

대진은 그와 의례적인 대화를 주고받았다. 그러다 슬쩍 본론으로 들어갔다.

"일본의 내부 사정은 요즘 어떻습니까?"

시부사와 에이이치는 대진이 자신에게 투자해 준 까닭을 모르지 않았다. 아니, 직접 면담에서 대진의 목적을 알고서도 투자를 받았었다.

그래서 지금까지 각종 정보를 경제서기관을 통해 수시로 전해 주어 왔다. 그런 그도 대진의 이번 질문에는 절로 긴장이 되었다.

그가 잠시 생각을 정리했다.

"너무 포괄적으로 질문하셔서 답을 드리기 곤란하군요. 우선 제가 몸을 담고 있는 경제 부문은 꾸준한 성장을 하고 있다고 말씀드릴 수 있습니다."

시부사와 에이이치는 자신이 운영하고 있는 10여 개의 사업체를 설명했다. 그러고는 일본 경제가 현재 처한 상황도 차분히 설명했다.

대진이 정리했다.

"그 정도면 나름대로 착실히 성장하고 있다고 봐야겠군요."

"그렇습니다. 그런데 내각 대신들 상당수가 많이 부족하다고 생각하는 것이 문제입니다."

"이상하군요. 외부인인 내가 봐도 탄탄하게 성장하고 있는 게 보이는데 내각 대신들이 왜 그런 생각을 하지요?"

시부사와 에이이치가 머뭇거리다가 대답했다.

"후! 원인은 귀국 때문입니다."

"우리나라 때문이라고요?"

"그렇습니다. 귀국은 다른 나라가 따라잡을 수 없을 정도로 급격히 발전하고 있습니다. 더구나 자동차를 포함한 각종 신기술은 일본의 기술력으로는 감히 생각조차 못 할 정도이고요. 그런 귀국을 바로 옆에서 보고 있는 내각 대신들로서는 본국의 경제성장이 마음에 차지 않는 것이 어쩌면 당연할 수도 있습니다."

이 말을 들은 대진이 이해가 되었다.

"우리 대한제국을 경쟁 상대로 보고 있다는 말씀이군요."

시부사와가 인정했다.

"그렇습니다. 비록 전쟁에서 한 번 패하기는 했지만 내각 대신들 대부분은 귀국에 뒤처져 있다는 현실을 인정하고 싶어 하지 않습니다."

"그럴 수도 있겠네요. 일본이 명치유신을 단행했을 때만 해도 우리보다 앞서 있었으니까요."

시부사와 에이이치가 격하게 동조했다.

"바로 그 점이 문제입니다. 내각 대신들은 아직도 귀국이 과거 정한론이 거론될 정도의 약한 나라이기를 바라고 있습

니다. 그러다 보니 실질적으로 급성장하고 있는 귀국의 발전
상에 애써 고개를 돌리려 하고 있습니다."

"자기기만에 빠져 있다는 거로군요."

"솔직히 그렇습니다. 그리고 귀국이 발전하는 과정이 우
리가 추구하는 이상과 너무도 맞아떨어지고 있다는 점도 문
제이고요."

대진이 짐작했다.

"군사력을 먼저 양성해서 강국을 만들고 그 기반으로 경제
발전을 추구한다는 거로군요."

시부사와가 감탄했다.

"아! 역시 후작님은 대단하십니다. 제가 드린 말씀의 맥을
정확히 짚으시는군요. 그렇습니다. 일본의 내각 대신들은 귀
국처럼 강력한 군사력을 먼저 갖추고 싶어 했습니다. 그래서
영국과 프랑스의 지원을 받아 가면서 군사력을 키우고 있었
는데 귀국과의 전쟁이 먼저 터진 것이지요. 일본 내각은 그
점을 지금도 가장 안타깝게 생각하고 있습니다."

대진은 내심 어이가 없었다.

일본이 강력한 군사력을 보유한다고 해도 그건 지금 시점
일 뿐이었다. 미래 지식을 보유하고 있는 대한제국은 일본군
이 대한해협도 건너지 못하게 할 자신이 있었다.

대진이 고개를 저었다.

"시부사와 은행장이 모르는 사실이 있군요. 우리 대한제

국은 군사력을 먼저 키우지 않았습니다. 단지 개혁을 추진하는 과정에서 군사력이 절로 증강되었을 뿐입니다."

시부사와가 바로 고개를 숙였다.

"아! 그렇습니까? 저는 거기에 대한 사정을 솔직히 잘 모릅니다."

"그러면 그런 내용을 이토 히로부미 수상으로부터 들은 겁니까?"

귀족원 의장이었던 이토 히로부미는 얼마 전 두 번째 일본 수상에 취임해 있었다.

"그렇습니다. 이토 히로부미 수상께서는 이번에 사법대신이 된 야마가타 아리토모 백작과 자주 술자리를 갖습니다. 그런 술자리에서 으레 귀국에 대한 말이 나오곤 하지요. 그러면 두 분은 늘 군사력을 먼저 키웠어야 했다고 안타까워하고요."

"그랬군요. 그러면 이번에 열도 내전이 끝났는데도 병력을 해산하지 않은 까닭이 그 때문입니까?"

시부사와가 급히 고개를 끄덕였다.

"귀국을 상대하려는 것은 절대 아닙니다. 그것만은 제가 자신할 수 있습니다."

"그러면 무엇 때문에 병력을 유지하는 것도 부족해서 규슈 병력까지 추가 징집하고 있는 걸까요?"

시부사와가 고개를 저었다.

"그에 대한 속사정은 아직 저도 모릅니다. 하지만 흘러가는 분위기로 봐서는 어떤 식으로든 군사력을 투사해 급변의 계기로 삼으려는 분위기가 감지되는 것이 사실입니다."

방 안에 잠시 침묵이 감돌았다.

그러다 서광범이 조심스럽게 의견을 냈다.

"후작님, 혹시 일본이 청국을 겨냥하고 있는 것은 아닐까요?"

시부사와와 대진의 눈이 동시에 커졌다.

시부사와가 크게 놀랐다.

그런 그가 급히 고개를 저었다.

"우리 일본은 아직 청나라를 상대할 정도의 국력은 아니네."

그러나 대진은 달랐다.

'아! 그렇지, 역사대로라면 2년 후에 청일전쟁이 벌어졌다. 그런데 청일전쟁은 조선에서 발생한 동학농민운동을 개입하는 과정에서 발생했었다. 이제는 그런 일이 일어날 이유가 없는데.'

이와 함께 생각이 깊어졌다.

'일본이 청나라를 희생물로 삼을 가능성이 없지는 않다. 그러려면 전쟁 명분이 있어야 하는데 무엇으로 명분을 삼을까?'

생각이 꼬리에 꼬리를 물었다.

사람들은 생각이 깊어진 대진을 위해 조용히 기다려 주었다.

대진은 한동안 고심했다. 그러던 대진의 머릿속에 번뜩 떠오르는 기억이 있었다.

대진이 시부사와를 바라봤다.

"시부사와 은행장, 혹시 청국 함대가 나가사키에 입항할 계획이 있습니까?"

시부사와가 깜짝 놀랐다.

"그렇습니다. 청나라에는 아직까지 7,000톤급 전함을 수리할 조선소가 없습니다. 반면에 나가사키에는 북양해군의 기함인 정원함을 수리할 도크가 있지요. 본래는 지난해 입항해서 수리를 받아야 하는데 전쟁 때문에 그러지 못했습니다. 그래서 금년 가을 통일을 축하할 겸해서 10월경에 입항해서 대대적인 환영 행사를 벌이기로 본국과 협의되어 있습니다."

"그렇군요. 환영 행사를 벌이려면 많은 사람이 초대되겠군요. 귀국의 왕족은 물론이고 해군 장교들도 대거 초대되겠고요."

시부사와도 동의했다.

"당연히 그렇게 하겠지요. 대형 함정이 많은 귀국에는 그러지 못하겠지만, 아직 함정이 4,000급이 전부인 우리 일본에는 대놓고 자랑하고 싶을 겁니다. 그뿐만 아니라 자신들의 해군력이 월등하다는 생각에서도 적극적으로 함정을 개방할 겁니다."

대진이 중요한 점을 지적했다.

"청나라의 입장에서는 그렇게 하고도 남습니다. 하지만 일본은 그런 기회를 최대한 활용해서 청나라 함정과 청나라

수병의 훈련 상황을 적극 챙기겠네요."

시부사와의 눈이 더없이 커졌다.

시부사와는 대진이 하는 말의 의미를 어렵지 않게 짐작했다. 그래서 조심스럽게 확인했다.

"후작님께서는 우리 일본이 그 행사를 전쟁의 빌미로 삼을 것으로 예상하십니까?"

대진이 고개를 저었다.

"일본이 그런 생각을 갖고 있어도 공개 행사를 빌미로 삼을 수는 없지요. 더구나 청나라가 열도 통일을 기념해서 주최하는 환영식인데요."

"그런데 왜 그 행사를 지적하십니까?"

"전쟁의 빌미는 아니더라도 청나라 수군의 실상을 알게 되는 좋은 기회가 될 겁니다. 축하 행사에는 함정의 내부도 전면 개방하게 되겠지요. 아직 대형 전함이 없는 일본은 그런 기회를 절대 허투루 보내지 않을 겁니다."

"그렇겠군요. 행사를 거치면서 북양해군의 전력이 어느 정도인지 대강은 확인할 수 있겠지요."

"바로 그것이 핵심이지요. 만일 북양해군의 전력이 일본의 예상보다 현격히 떨어진다면 어떻게 될까요?"

서광범이 다시 나섰다. 그리고 처음보다 더 분명한 목소리로 의견을 밝혔다.

"일본에게는 불감청 고소원이 될 것입니다."

대진이 크게 고개를 끄덕였다.

"그렇습니다. 북양해군의 보유 함정은 일본 해군을 압도하지요. 겉으로 봤을 때는 상대하기 어려울 정도로 비대칭전력이지요. 그래서 일본도 대륙으로의 진출을 쉽게 생각하지 못하고 있는 것이고요. 그런데 북양해군의 전투력이 겉으로 보는 것보다 현저히 떨어진다는 것이 확인된다면 어떻게 하겠습니까?"

대진이 같은 질문을 다시 던졌다.

이번에는 시부사와가 대답했다.

"우리 일본인의 마음속에는 대륙 진출에 대한 욕망이 늘 불타오르고 있습니다. 군부 인사들은 더 그러하고요. 만일 청나라 북양해군의 전력이 생각보다 부실하다는 것이 판명된다면 국운을 걸고 도박을 결행할 가능성이 높습니다."

일본인들은 좀체 자신의 속내를 드러내지 않는다. 시부사와도 다르지 않아서 대진과 대화를 하면서도 말을 상당히 조심하고 있었다.

그러나 거듭된 질문에 시부사와는 자신의 속내를 보여 주지 않을 수 없었다. 대진은 이런 식으로 자신의 생각을 은근히 그에게 주지시켰다.

대진이 강조했다.

"일본은 지금보다 훨씬 강력한 군사력을 보유하게 될 것입니다. 그런 군사력을 이용해 대륙으로 진출하려고 기회를 엿

보겠지요. 그러니 여러분께서는 나가사키에서 개최될 축하 행사를 주목할 필요가 있습니다."

서광범이 나섰다.

"제가 직접 참석해서 분위기를 살펴보겠습니다."

"오! 그것도 좋은 생각이군요."

시부사와 에이이치도 거들었다.

"저에게도 초대장이 발부될 것입니다. 그러면 저도 꼭 참석해 보겠습니다."

"그렇게 하십시오."

대진이 놀라운 말을 했다.

"우리 대한제국은 일본의 대륙 진출을 막을 생각이 없습니다. 그리고 청국과 일본이 전쟁을 벌인다고 해도 어느 쪽도 편들어 줄 생각이 없고요."

시부사와 에이이치의 눈이 더없이 커졌다. 그러던 그는 이내 놀란 마음을 진정하고는 반문했다.

"후작님께서 저에게 이런 말씀을 하시는 것은 이토 히로부미 수상께 말씀해도 된다는 의미로 해석해도 됩니까?"

대진이 싱긋이 웃었다.

"시부사와 은행장은 사업가입니다. 그런 분이라면 내가 방금 한 말이 어느 정도 가치가 있는지를 모르시지 않겠지요?"

시부사와 에이이치가 흠칫했다.

그리고 급히 몸을 숙였다.

"감사합니다. 후작님의 말씀을 최대한 활용해서 사업에 도움이 되게 만들어 보이겠습니다."

"예, 그렇게 해야지요. 이번에 겪어 봐서 아시겠지만 전쟁은 물자를 잡아먹는 하마입니다. 은행장께서 그에 대한 대비를 미리 하고 있으면 상당한 수익을 거둘 수 있을 겁니다. 일본 제일은행이 우리 대한무역의 투자를 받고 있다는 사실을 일본에서 모르는 사람은 없을 겁니다. 그러니 우리 대한제국이 일본의 대륙 진출을 막지 않는다는 사실을 사업에 최대한 활용하세요. 뭐, 필요하다면 시부사와 은행장이 밀사를 자임해도 될 것이고요."

시부사와 에이이치의 눈이 빛났다.

"알겠습니다. 후작님의 조언, 각골명심해서 사업에 도움이 되도록 만들겠습니다."

시부사와 에이이치는 이날 늦게 돌아갔다. 그렇게 돌아간 그는 선물을 푸짐하게 받은 표정이었다.

이틀 동안 요코하마에 머물렀던 여객선이 다시 출항했다. 그리고 태평양을 유유히 가로질러 호놀룰루에 도착했다.

대한제국이 진주만을 얻고 7년이 흘렀다.

그런 하와이에는 대한제국 태평양함대가 주둔하고 있었다. 태평양함대는 프랑스로부터 양도받은 1만 톤급 전함을 기함으로 한 각종 함정 10여 척이 소속되어 있다.

여기에 육상 병력으로 해병대대도 주둔하고 있었다. 그로 인해 진주만 일대는 대한제국 병력과 민간인들로 늘 북적였다.

하와이에서는 미국으로 보내는 물자와 여객이 꽤 많이 탑승하고 선적된다. 그래서 정기여객선이 하와이에서도 이틀간 정박하고 있었다.

대진은 비서들과 영사관을 찾았다.

영사 조영수가 깜짝 놀랐다.

"아! 이게 누구십니까? 후작님 아닙니까?"

"오랜만입니다. 그동안 잘 지내셨지요?"

"예, 잘 지내고 있습니다. 그런데 연락도 없이 어쩐 일이십니까?"

"미국 출장을 가는 길에 들렀습니다."

"미리 연락을 하시지 않고요. 그러면 제가 항구에서 영접했을 터인데요."

대진이 웃었다.

"영사님이 번거로우실 것 같아서요."

조영수가 손을 저었다.

"무슨 말씀을요. 다른 분도 아닌 후작님이 오시는데 당연히 나가서 맞아야지요."

"말씀만 들어도 감사합니다. 하와이에 대해서는 정기 보고서를 통해 대강의 사정은 알고 있지만 요즘 상황은 어떻습니까?"

조영수의 안색이 흐려졌다.

"여왕이 등극한 이후 혼란한 상황은 가라앉지를 않습니다. 친미파가 장악하고 있는 의회가 계속해서 미국과의 통합을 추진하고 있기 때문이지요. 아마도 우리 대한제국이 아니었다면 하와이는 벌써 미국 영토가 되었을 겁니다."

대진이 곤혹스러워했다.

"통합을 계속 추진하다니요. 의회 의원들도 미국 정부가 합병하지 않는다는 사정을 모르지 않을 터인데요."

"당연히 잘 알고 있지요. 미국의 입장에서 이제는 실익은커녕 분란의 씨앗이나 다름없는 하와이를 뭐 하러 껴안으려하겠습니까?"

"우리가 반대한다는 사실도 알고 있겠지요?"

조영수가 바로 대답했다.

"물론입니다. 우리가 진주만을 매입하면서 하와이 독립을 전임 국왕에게 약속했다는 사실을 잘 알고 있지요."

"그런데도 의회가 계속해서 합병을 추진한다는 것이 문제네요."

"예, 그 바람에 여왕의 권위가 갈수록 흔들리고 있습니다."

"이번 여왕도 의회에서 선출했나요?"

"아닙니다. 전임 국왕이 서거하면서 후임자를 지목했었습니다. 그래서 의회 권력에서 비교적 자유로운 입장입니다."

"그렇군요. 군대는 어떻습니까?"

"다행히 군은 문제가 없습니다. 전임 국왕의 측근이었던 두 사람이 육군과 해군을 든든하게 지휘하고 있습니다."

"그나마 안심이 되네요. 군이 안정되어 있으니 쿠데타는 걱정하지 않아도 되겠네요."

"그렇습니다. 그런데 미국은 어쩐 일로 가시는 겁니까?"

대진이 미국 출장 목적을 설명했다.

조영수가 크게 기뻐했다.

"아아! 우리 자동차로 합작회사를 설립하려 하다니요. 새로운 역사를 쓰러 가시는 거로군요."

"그렇지요. 진정한 새로운 역사이지요."

"부디 출장에서 좋은 성과를 얻으시기를 기원 드리겠습니다."

"고맙습니다. 그리고 온 김에 하와이여왕을 만나 보고 싶네요."

"그렇게 하시지요."

조영수가 하와이인 비서를 불렀다.

"자네는 왕궁으로 가서 말을 전해 주게. 본국의 이대진 후작께서 여왕님께 알현을 요청한다고."

"예, 알겠습니다."

왕궁과 영사관은 얼마 떨어지지 않은 곳에 있었다. 그 바람에 왕궁으로 간 비서는 얼마 되지 않아 돌아왔다.

"내일 오전에 접견하기로 했습니다."

조영수가 대진을 바라봤다.

"시간 괜찮으시겠지요?"

"물론입니다."

조영수가 자리에서 일어났다.

"진주만에 있는 태평양함대 사령부도 찾아봐야 하지 않겠습니까?"

"그렇게 하십시다."

두 사람은 조영수가 운전하는 차를 타고 진주만으로 건너갔다. 태평양함대가 주둔하면서부터 진주만은 철조망을 담장을 두르고 있었다.

그런 부대의 정문에는 늘 경비병이 보초를 서고 있었다. 경비병 중 초급무관이 조영수의 차를 보고는 곧바로 다가와 경례했다.

"충성! 어서 오십시오, 영사님."

"수고가 많네. 별일 없지?"

"그렇습니다. 옆에 계신 분은 누구십니까?"

"본국의 황실고문이신 이대진 후작님이시네."

초급무관이 급히 경례했다.

"충성! 어서 오십시오."

"수고가 많습니다."

조영수가 부탁했다.

"사령관님을 찾아뵐 것이니 미리 연락드려 주시게."

"알겠습니다."

초급무관의 손짓으로 문이 열렸다.

사령부 본부는 정문에서 꽤 많이 들어간 곳에 있었다.

조영수의 차가 도착하니 이미 사령관이 나와 있었다. 태평양함대 사령관 진석순은 백령도함의 부장 출신으로 대진의 선배였다.

"어서 오게, 이 후작."

"오랜만에 뵙습니다, 선배님."

"하하! 그러네. 이 후작을 본 지가 벌써 몇 년이 지났네. 시간 참 빨라."

"그러게 말입니다. 하와이에서 근무하는 데는 불편함이 없습니까?"

"괜찮아. 부임하면서 가족들도 모두 와 있어서 불편한 것은 없어. 무엇보다 이곳은 날씨가 좋잖아."

"그러시다니 다행입니다."

대진이 몸을 돌렸다. 그러자 태평양함대의 기함인 1만 톤급 전함이 정박해 있었다.

진석순이 손을 들어 가리켰다.

"우리 함대의 기함인 충무공 이순신이야."

"예, 대양함대에 걸맞게 멋있습니다."

"그러나 아쉬워. 우리의 시각으로 보면 그저 덩치만 큰 함정일 뿐이야. 주포의 사거리도 겨우 7킬로미터 남짓이니 말이야."

"프랑스로부터 인도받은 뒤 전면 개장을 하지 않았습니까?"

"그랬지. 그러면서 엔진을 경유기관과 증기터빈으로 교체한 덕분에 최고속도 20노트로 운행할 수 있게 되었지."

"소속 함정 전부 경유기관으로 교체했습니까?"

"그래, 다른 함대와의 균형을 맞추면서 교체를 하느라 2년의 시간이 걸렸어."

"그렇군요."

대진이 부두 방면을 죽 둘러봤다. 부두 선착장에는 몇 척의 전함이 정박해 있었으며 그 뒤로 대형 유류 저장고가 자리하고 있었다.

"보기 좋네요. 이전 같으면 선착장 옆에 석탄 창고가 필수적으로 있어야 하는데, 여기는 전부가 유류 저장고네요."

진석순이 손으로 한 곳으로 가리켰다. 그가 가리킨 곳에는 몇 동의 창고가 늘어서 있었다.

"전부 없어진 것은 아니야. 저기 저곳이 하와이함대가 사용하는 부두지. 저곳에 있는 창고는 석탄 창고이고."

"그렇군요. 내일 여왕을 알현하려고 하는데 전하실 말씀은 없습니까?"

진석순은 고개를 저었다.

"없어. 지금과 같은 시기에 내가 무슨 말을 하는 것 자체가 큰 문제가 될 수 있어. 그래서 연초에 있던 신년회 이후부터는 아예 왕궁도 찾지 않고 있어."

"그러시군요."

"자! 그만 들어가세. 모처럼 만났는데 이런 대화로 시간을 보낼 수는 없잖아."

"그러시지요."

이날 대진은 저녁까지 먹고 돌아왔다.

그리고 다음 날.

그는 이놀라니 왕궁을 찾았다.

4장

"어서 오세요."

대진은 하와이 여왕을 보면서 놀랐다. 새로 즉위했기에 젊은 사람인 줄 알았더니 아니었다.

릴리우오칼라니 여왕은 50대였다.

대진이 정중히 모자를 벗고 몸을 숙였다.

"대한제국 황실고문이며 후작인 이대진이 하와이왕국의 주인을 뵙습니다."

여왕의 눈이 빛났다.

대한제국은 동양의 최강대국이다. 그런 대한제국의 황실고문인 대진이 격식을 갖춰 인사하는 모습이 무척이나 마음에 들었기 때문이다.

"전임 국왕이셨던 오라버니께서는 생전에 후작에 대한 말씀을 많이 하셨지요. 그래서 꼭 한 번은 만나 보고 싶었는데 잘 오셨습니다."

"선왕께서 제 말씀을 하셨을 줄은 몰랐습니다."

"오라버니께서는 미국의 그늘에서 벗어나려고 많은 노력을 하셨지요. 그러나 의회를 장악하고 있는 미국 출신 지주들 때문에 번번이 좌절할 수밖에 없었고요. 그러다 후작님을 만나면서 새로운 길이 열리게 되었지요. 덕분에 우리 하와이가 독립을 유지할 수 있게 된 것이고요."

"도움이 되고 있다니 다행입니다."

여왕이 한숨을 내쉬었다.

"후! 하지만 의회가 계속 문제를 일으켜서 큰일입니다. 미국 출신 의원들이 수시로 미국과의 통합을 꾸미려고 해서 머리가 많이 아픕니다."

"의회에서 왜 자꾸 미국과 합병을 하려는 겁니까?"

이 질문에 조영수가 대답했다.

"의원들의 개인적인 탐욕 때문이지요. 의회 의원들은 전부가 지주들입니다. 하와이가 미국에 합병되면 가장 우선적으로 관세가 없어집니다. 아울러 미국 본토와의 거래나 교류가 자유로워지면서 지주들의 이익이 극대화되지요."

"어이가 없군요. 개인적인 탐욕 때문에 미국과의 합병을 원하다니요."

릴리우오칼라니 여왕이 씁쓸해했다.

"그게 우리 하와이의 현실입니다. 의회 의원들은 하와이의 미래는 전혀 생각지도 않고 오로지 개인적인 이득을 위해 움직입니다. 그 바람에 하루도 바람 잘 날이 없는 상황이지요."

"미국은 우리 대한제국과의 관계를 고려해 합병을 절대 받아들이지 않을 겁니다. 그러니 그 부분은 너무 걱정하지 않아도 됩니다."

릴리우오칼라니 여왕이 고개를 저었다.

"꼭 그렇지도 않습니다. 미국 정부 인사 중에 본국의 의원들과 가까운 사람이 꽤 많습니다. 그런 인사들이 합병을 은근히 부추기기도 합니다."

조영수가 청원했다.

"후작님께서 미국을 방문하시면 하와이에 관한 우리의 입장을 분명히 해 주십시오. 그러면 미국 정부에서도 하와이에 대한 공식적인 반응을 보이지 않겠습니까?"

릴리우오칼라니 여왕도 간절한 눈빛을 보냈다. 그 눈빛을 받은 대진이 절로 고개를 끄덕였다.

"알겠습니다. 워싱턴에다 우리의 입장을 반드시 전하도록 하겠습니다."

여왕의 안색이 환해졌다.

"감사합니다. 미국 정부가 합병을 찬성하지 않는다는 공식적인 발표만 있으면 됩니다. 그러면 의회의 폭거도 바로 가라앉을 것입니다."

대진이 걱정했다.

"그래도 뭔가 근원적인 대책을 세워야 할 것 같습니다. 그러지 않는다면 의회가 언제 또 모략을 꾸밀지 모르는 일입니다."

릴리우오칼라니 여왕이 잠시 주저했다. 그러다 결심을 하고는 자신의 생각을 밝혔다.

"미국 출신 의원들의 힘은 그들이 소유한 토지에서 나옵니다. 그래서 그들의 힘을 제거하기 위해 토지를 국유화하려고 합니다. 그 전에 헌법을 개정해서라도 참정권을 제한할 것이고요."

대진이 깜짝 놀랐다.

"그게 가능하다고 생각하십니까?"

"쉽지 않겠지요. 하지만 계속해서 나라를 위기로 몰아가려는 그들의 책동을 두고만 볼 수 없지 않겠습니까?"

대진이 고개를 저었다.

"죄송한 말씀이지만 공연히 분란만 키우게 될 것입니다. 그러니 그 일은 추진하지 않는 것이 좋을 것 같습니다."

"그러면 우리가 무엇을 할 수 있겠습니까?"

대진이 폭탄발언을 했다.

"여왕께서 선포를 하세요. 의회가 계속 국가 전복 음모를 꾸민다면 우리 대한제국에 보호령을 요청하겠다고요. 그러면 의회에서도 지금처럼 함부로 행동하지 못할 것입니다."

릴리우오칼라니 여왕이 깜짝 놀랐다.

"예? 보호령이라고요?"

대진이 슬쩍 말을 지어냈다.

"그렇습니다. 지난 일이지만 전임 국왕께서도 은근히 그와 같은 의사를 내비친 적이 있었습니다. 그러나 그때는 미국과의 관계를 고려해 제가 완곡하게 거부했지요."

"그런 일이 있었습니까? 그래서 오라버니께서 귀국에 진주만을 내어준 것이군요."

"그렇습니다. 우리가 함대를 제공하며 진주만을 할양받은 것은 일종의 명분 쌓기였지요. 전임 국왕께서는 어떻게 해서든 우리를 끌어들여서 미국과의 합병을 막으려 했습니다."

릴리우오칼라니 여왕이 장탄식을 했다.

"아아! 그랬군요. 그래서 오라버니께서 귀국에 그토록 의지를 했던 것이군요. 그런데 지금이라고 해서 귀국이 미국을 신경 쓰지 않을 수는 없지 않습니까?"

"그때와 지금은 다르지요. 그때는 우리가 진주만을 할양받기 전이어서 하와이에 대한 발언권이 상대적으로 적었습니다."

"그렇군요. 후작님의 말씀대로 지금은 그때와 상황이 많이 다르네요."

대진이 분명히 밝혔다.

"우리 대한제국은 유럽 국가들처럼 일부러 식민지를 개척

하지는 않습니다. 그러나 도움을 요청하는 나라나 지역에 대해서는 언제나 온정을 베풀어 왔지요. 더구나 본국의 태평양 함대가 주둔하고 있는 하와이라면 더 말해 무엇 하겠습니까. 그러니 여왕 전하께서도 우리가 있다는 사실을 잊지 마시고 통치를 해 나가시기 바랍니다."

여왕의 안색이 더없이 환해졌다.

"고맙습니다. 후작님의 말씀 꼭 명심하겠습니다."

"그 대신 의원 개인의 자유를 억압하거나 재산을 강탈하는 조치를 취하지 않아야 합니다. 만일 여왕께서 그런 조치를 취하신다면 일도 성사시키지도 못할뿐더러 저들에게 미국과의 합병 명분만 쌓아 주는 꼴이 됩니다."

대화를 듣던 조영수가 거들었다.

"그렇게 되면 내전이 벌어질 수도 있습니다."

릴리우오칼라니 여왕이 흠칫했다.

"내전이라니요. 저들에게 무슨 병력이 있다고 내전을 벌인다는 말씀이십니까?"

"병사들이야 널려 있지요. 하와이에서 돈만 많이 주면 수백 명을 모으는 것은 순간이지 않습니까? 총기 소지가 자유인 하와이에서는 누구라도 총을 들면 병사이지요."

릴리우오칼라니 여왕의 안색이 어두워졌다.

"설마 그런 일이 일어나겠습니까?"

대진이 딱 잘랐다.

"당연히 일어날 수 있는 일입니다. 지금 귀국 의회가 결의해서 나라를 팔아먹으려고 하지 않습니까? 그 자체가 총소리는 나지 않지만 내전이나 마찬가지의 상황 아닙니까."

그 말에 여왕이 크게 당황했다.

"말씀을 들어 보니 일리가 있네요."

대진은 여왕의 이런 반응이 어이가 없었다. 여왕은 걱정만 하고 있지 지금의 사태를 제대로 직시하지 못하고 있었다.

대진이 그 점을 지적했다.

"여왕 전하, 지금의 상황을 절대 쉽게 보시면 안 됩니다. 친미파 의원들은 하와이왕국 자체를 소멸시키려는 짓을 저지르고 있는 겁니다. 그럴 만큼 저들의 힘이 하와이왕실을 압도하고 있는 것도 사실이고요."

여왕의 안색이 더없이 심각해졌다.

대진이 거듭 주의를 주었다.

"절대 과격한 조치를 취할 생각은 마십시오. 만일 그런 일이 발생하게 된다면 저들이 미국에 지원을 요청할 명분을 얻게 됩니다. 그러니 시간이 걸리더라도 하나씩 풀어 가세요."

여왕의 표정이 복잡해졌다.

방금도 말했지만 그녀는 의원들의 참정권을 제한하거나 토지를 몰수할 생각까지 하고 있었다. 그런데 대진이 거듭해서 과격한 행동을 하지 말라고 거듭해서 경고를 했다.

여왕의 목소리가 낮아졌다.

"내가 유하게 나간다고 해서 저들의 저항이 수그러지겠습니까?"

"수그러지게 만들어야지요."

"어떻게 말입니까?"

대진이 대안을 제시했다.

"본국의 태평양함대를 최대한 활용하세요. 수시로 측근들과 태평양함대를 방문하세요. 함대 사령관님을 초대해 연회도 자주 열고요. 특히 군 지휘관들과 상의해 본국의 해병대 병력과 하와이육군의 합동훈련을 주기적으로 실시하세요. 그 정도만 해도 우리 대한제국이 어떠한 의도를 갖고 있는지 의원들이 모르지 않을 겁니다."

릴리우오칼라니 여왕의 안색이 환해졌다.

"귀국의 나를 도와주고 있다는 점을 대놓고 알리라는 말씀이지요?"

"그렇습니다."

대진이 조영수를 바라보며 제안했다.

"그리고 본국 출신 지주들도 하와이에서 상당히 자리를 잡은 것으로 압니다. 여왕께서는 측근들과 협의해서 그들이 의회에 진출할 수 있도록 길을 열어 주시고요."

조영수가 적극 동조했다.

"아주 좋은 말씀입니다. 우리나라 출신들이 의회에 진출하게 되면 여왕 전하께 큰 도움이 될 것입니다."

여왕이 굳은 표정으로 동조했다.

"알겠습니다. 우선은 그런 식으로 우호 세력을 넓혀 나가 겠습니다."

대진은 한동안 여왕에게 여러 조언을 했다. 릴리우오칼라 니 여왕은 이런 조언을 필기까지 해 가면서 적극 수용했다.

다음 날.

정기여객선이 다시 장도에 올랐다. 그렇게 며칠을 항해한 끝에 샌프란시스코에 도착했다.

아직은 미국과의 인적 교류가 많지 않아 샌프란시스코에 는 영사관이 없다. 그 대신 대한무역지사가 있어서 대진과 일행의 입국 수속을 도와주었다.

캘리포니아에서 하루를 머문 대진은 미 대륙을 관통하는 철도에 올랐다.

경유기관차가 개발되고 6년이 되었다.

경유기관차는 그동안 충분한 성능이 입증되면서 전 세계 로 많은 수량이 판매되고 있었다. 특히 석유 시대로 접어들 고 있는 미국에 수백 대의 경유기관차가 판매되었다.

대진이 탑승한 열차도 경유기관차로 평균 시속 80킬로미 터로 미국 대륙을 관통했다. 덕분에 닷새 만에 뉴욕에 도착 할 수 있었다.

대진과 일행이 선로를 빠져나왔다.

그러자 대합실에서 몇 사람이 기다리고 있었다. 주미공사 지정석과 공사관 직원들이었다.

　　대한제국은 주요 국가 공사를 국제 정세에 밝은 마군 출신들이 맡고 있었다. 지정석도 이런 정책에 따라 임명된 공사로 해군 제독을 역임했다.

　　지정석은 2대였으며 대진의 해군 선배다.

　　지정석이 웃으며 손을 내밀었다.

　　"어서 오게, 이 후작."

　　대진도 반갑게 그의 손을 잡았다.

　　"오랜만에 뵙습니다, 선배님."

　　"오느라 고생이 많았지?"

　　"예, 만만치가 않네요. 미국 대륙을 관통하는 데 닷새나 걸렸습니다."

　　"그건 약과야. 내가 5년 전에 부임했을 때는 증기기관차였어. 그 기관차를 타고 샌프란시스코에서 뉴욕까지 보름이나 걸렸었어."

　　"보름이나요?"

　　"그래, 그것도 미국에서 가장 빠르다는 증기기관차가 그 정도였지."

　　대진이 질린 표정을 지었다.

　　"아이고, 보름씩이나 기차를 탔으면 많이 답답하셨겠습니다."

　　지정석이 고개를 저었다.

"말도 마. 워낙 많은 시간이 걸리다 보니 중간에 내려서 산책하는 시간까지 있을 정도야."

"그만큼 지루하고 힘든 여행이라는 의미였네요. 저는 닷새 동안 기차를 타는 것도 지겨웠는데 말입니다."

지정석이 호탕하게 웃었다.

"하하하! 그래도 우리가 만든 경유기관차 덕분에 빨리 왔잖아. 그러니 너무 힘들어하지 말게."

잠시 한담을 나눈 두 사람은 각각의 일행을 소개했다. 대진은 지정석과 함께 온 공사관 직원의 소개를 받고서 한 번 더 반문했다.

"이건창(李建昌) 2등서기관이라고요?"

"그렇습니다."

지정석이 소개했다.

"이 서기관은 15살에 과거에 소년 급제했었지."

대진이 놀랐다.

"15살에 급제를 했다면 천재네요."

이건창이 급히 몸을 숙였다.

"아닙니다. 그저 남보다 조금 더 기억력이 좋을 뿐입니다."

지정석이 거들었다.

"그렇지 않아. 이 서기관은 중국어는 당연히 잘하고 일본어와 영어에도 능통하지. 그래서 요즘은 스페인어와 프랑스어를 공부하고 있다네."

"대단하군요. 언어능력이 좋은 것은 외교관으로서 최고의 덕목이지 않습니까."

"당연하지. 이대로 몇 년만 지난다면 우리 외교가에 큰 버팀목이 될 거야."

대진이 바람을 숨기지 않았다.

"저도 이 비서관의 발전에 많은 기대를 갖고 지켜보겠습니다."

"감사합니다."

"자, 가세. 관용차는 가져올 수 없어서 마차를 불러 두었네."

그의 말대로 역 앞에는 3대의 마차가 대기하고 있었다. 대진과 지정석이 앞차에, 다른 사람들은 2대의 마차에 나눠 탔다.

미리 말을 해 두었는지 사람들이 탑승하자 마차는 이내 출발했다. 뉴욕 도로는 마차뿐만 아니라 자동차도 상당히 돌아다녔다.

"여기도 우리 자동차가 많이 들어와 있네요."

"물론이지. 미국 경제의 최고 중심인데 당연히 자동차가 많이 들어와 있지."

"본국은 택시가 운행되고 있는데 여기는 아직인가 봅니다."

지정석이 고개를 저었다.

"미국은 아직 택시가 없어."

"그런데 역시 뉴욕이라고 해야 할까요? 고층 건물이 꽤 많습니다."

"맞아. 5층 건물은 줄지어 섰고 10층짜리도 의외로 많아.

그런 것보다는 뉴욕 하면 기차야. 아직 지하철은 없지만 뉴욕 곳곳을 도시철도가 30여 년 전부터 운행되고 있지."

"놀랍네요. 아니, 역시 철도의 나라인 미국이라고 해야 할까요? 그렇게 일찍부터 도시철도가 운행되고 있을 줄은 몰랐습니다."

지정석이 적당히 동조했다.

"과거의 조선의 관점에서 보면 대단한 일이지. 하지만 런던 지하철에 비하면 약과야. 런던 지하철도 운행된 지가 30년이나 되었잖아."

"그렇군요."

"그래도 우리의 발전상에 비하면 멀었어. 우리가 철저하게 계획을 세워서 개혁과 경제 발전을 추진하고는 있지만 우리가 봐도 놀라울 정도잖아."

대진도 격하게 동조했다.

"맞는 말씀입니다. 지난 20년 동안 우리는 유럽이나 미국의 100년에 맞먹는 경제 발전을 달성했지요. 더구나 지금부터의 발전 속도는 이전보다 훨씬 더 빨라질 것이고요."

"그래, 우리에게는 시간이 문제일 뿐이야. 아마도 금세기 말이 되면 다른 어느 나라보다 발전해 있을 거야."

"그래도 뉴욕은 우리 대한제국의 어느 도시보다 발전하겠지요?"

"아마도 그러겠지. 우리야 마천루까지 지으려면 아직은

시간이 더 있어야 하니 말이야."

마차가 허드슨 강변의 건물 앞에 멈췄다. 대진이 마차에서 내려서 보니 의외로 작은 호텔이었다.

지정석이 소개했다.

"뉴욕에는 아직 대형 호텔이 없네. 그래서 가장 깨끗한 호텔이라고 해서 이곳을 숙소로 정했어."

"잘하셨습니다."

마차가 모두 도착하고 일행이 내리자 호텔에서 몇 명의 직원이 나왔다. 직원들은 전부가 흑인들로, 정중하게 인사를 하고는 짐을 들고 들어갔다.

잠시 후.

대진은 허드슨강이 내려다보이는 객실로 올라갔다. 지정석이 능숙하게 호텔 직원에게 팁을 주고는 소파에 앉았다.

대진이 맞은편에 앉으며 질문했다.

"일정은 잡으셨습니까?"

"그래, 자네의 연락을 받은 이후 십여 곳으로 투자의향서를 보냈지. 그런데 놀랍게도 모든 곳에서 만나 보고 싶다는 연락이 왔어."

"어디 어디로 보내셨습니까?"

"이 시대 미국 최고의 기업은 단연 철도 회사야. 그래서 철도 회사 몇 곳과 석유왕인 록펠러, 그리고 금융가인 모건이지. 듀폰은 보내지 말라고 해서 일부러 배제했네."

"잘하셨습니다. 듀폰과 다시 합작하는 건 회사 경영상 별로 좋지 않습니다. 그나저나 미국을 대표하는 기업가에게는 모두 보냈다는 말씀이군요."

지정석이 싱긋 웃었다.

"당연히 그랬지. 이번에 합작하게 되는 자동차는 중산층을 대상으로 하는 차량이잖아. 그뿐만 아니라 땅이 넓은 미국에서 많이 필요로 하는 트럭, 대량 수송에 필요한 버스까지 생산할 예정이잖아. 그런 자동차를 생산하게 될 합작 사업에 관심이 없다면 그게 오히려 이상한 일이겠지. 그래서 그들에게 모두 보냈는데 전부 다 투자 의향이 있다는 거야."

"그래서 어떻게 하셨습니까?"

"우선은 내가 임의로 다섯을 골랐어. 그래서 이틀 후부터 이틀 간격으로 만나기로 되어 있네. 가장 먼저 록펠러고 다음이 모건이야. 아! 지금의 J.S.모건 앤 컴퍼니의 사주는 주니어스 스펜서 모건이야. 우리가 아는 JP모건은 그의 아들이지."

"모건에서 누가 나올지 모른다는 말씀이십니까?"

"아버지는 나이가 있어서 아들이 나올 가능성이 높아."

"그렇군요. 그런데 카네기는 연락이 오지 않았습니까?"

"카네기는 일 년의 절반은 그의 고향인 스코틀랜드에 머물러. 그래서 아쉽게 연락을 하지 못했어. 연락이 되었다면 그도 합작에 큰 관심을 보였을 터인데 말이야."

"이번에 만나게 될 사람들만으로도 충분합니다."

지정석이 서류를 건네주었다.

"면담할 사람들의 간단한 프로필이야."

대진이 찬찬히 서류를 넘겼다.

"록펠러의 자산이 가장 많겠지요?"

지정석이 고개를 저었다.

"그건 확실히 몰라. 현물 자산은 미국 석유의 90%를 장악하고 있는 록펠러가 많겠지. 그렇지만 모건의 현금자산도 상당히 많을 거야."

"공사님께서는 누가 적격으로 보십니까?"

지정석이 고개를 저었다.

"솔직히 누가 좋을지 판단은 서지 않아. 하지만 록펠러의 무자비한 성정이나 철도 회사의 엄청난 분식회계는 경계해야 할 필요가 있다고 생각해."

"모건은 문제가 없습니까?"

"당장 드러난 것은 없어. 하지만 냉혈한이라고 할 수 있는 금융가이니 조심하는 것은 기본이겠지."

"무슨 말씀인지 알겠습니다."

대진은 이날 지정석과 많은 대화를 나눴다.

이틀 후.

대진은 두 사람의 록펠러와 마주 앉았다. 존 데이비슨 록펠러와 그의 사업파트너이며 동생인 윌리엄 록펠러가 그들이었다.

대진이 유창한 영어로 인사를 했다.

"어서 오십시오. 대한제국 후작이며 대한무역 대표인 이대진이라고 합니다."

존 데이비슨 록펠러가 자신을 소개했다.

"처음 뵙겠습니다. 스탠더드 오일의 존 데이비슨 록펠러 대표입니다. 여기는 제 동생이며 파트너인 윌리엄이지요."

대진이 두 사람과 인사를 나눴다. 그러고는 두 사람을 자리에 권하면서 고마워했다.

"합작 제안에 참여해 주셔서 감사합니다."

존 데이비슨 록펠러가 답했다.

"다른 사업도 아닌 자동차입니다. 휘발유와 경유로 운행하는 물건이지요. 그런 회사에 석유사인 우리가 관심을 갖는 것은 너무도 당연하지요."

대진도 인정했다.

"그렇기는 합니다."

윌리엄 록펠러가 질문했다.

"그런데 귀국은 원유 정제 기술이 상당히 발전했나 봅니다. 휘발유는 물론이고 경유와 등유, 거기다 각종 화학물질까지도 생산하니 말입니다."

대진은 숨기지 않았다.

"그렇습니다. 본국의 원유 정제 기술은 최고라 자부할 수 있습니다. 그래서 다른 나라보다 원유에서 훨씬 다양한 재료를 뽑아낼 수 있지요."

대진의 말에 윌리엄 록펠러가 대번에 관심을 보였다.

"귀국이 보유한 정제 기술을 도입할 수 없겠습니까? 그렇게 해 준다면 그에 따른 로열티를 지급할 용의가 있습니다만."

대진이 웃으며 손을 저었다.

"하하하! 그 이야기는 다음에 따로 자리를 갖도록 하지요. 오늘은 그 때문에 만난 것이 아니지 않습니까?"

존 데이비슨 록펠러가 나섰다.

"맞습니다. 제 동생이 너무 앞섰네요. 그 점에 대해 사과드립니다."

"아닙니다. 그럴 수도 있지요."

"그런데 귀국이 추진하려는 자동차 합작은 어떤 방식으로 할 것입니까?"

"본국의 기술력과 미국 투자자의 자본을 합작하는 방식으로 추진할 예정입니다."

"역시 그렇군요. 그러면 지금의 자동차를 미국에서 생산하겠다는 말입니까?"

대진이 고개를 저었다.

"아닙니다. 지금의 자동차는 고가여서 미국에서 생산한다고 해서 별다른 매력이 없습니다. 바로 이것이 우리가 추진하고자 하는 사업 방향입니다."

대진이 서류를 건넸다.

존 데이비슨 록펠러가 서류를 넘겼다. 그러던 그는 연신 고개를 끄덕이며 감탄했다.

"놀랍군요. 동양의 기업이 우리 미합중국에 대해 이 정도로 조사했을 줄은 몰랐습니다."

"자동차 산업은 미래의 산업이라고 해도 과언이 아닙니다. 사업이 본격화되면 수십만 개의 일자리가 생겨나지요. 그리고 석유 시대를 이끌게 될 선도산업이기도 하고요. 그런 산업을 추진하기 위해서는 시장조사를 철저하게 해야지요."

두 록펠러가 탄성을 터트렸다.

"자동차가 석유 시대를 선도한다고요?"

"그렇습니다. 그렇게 만들기 위해서는 자동차를 절대 비싸게 만들어선 안 됩니다. 그래서 우리 대한자동차는 몇 년 동안 새로운 모델을 만들기 위해 노력을 했지요. 그렇게 해서 성공을 했고요."

존 데이비슨 록펠러가 고개를 저었다.

"믿을 수가 없군요. 아무리 그렇다 해도 자동차는 기본적인 가격대가 있습니다. 그런 자동차를 어떻게 값싸게 만들 수 있다는 겁니까?"

대진이 자신했다.

"그래서 기술력이 필요한 것입니다. 존 데이비슨 록펠러 사장께서는 다른 회사와의 경쟁에서 이기기 위해 원유 정제 비용을 최소화하기 위해 노력했다고 알고 있습니다. 그렇게 해서 불어난 수익으로 다른 회사들을 인수합병 해서 오늘의 스탠더드 오일이 되었고요."

존 데이비슨 록펠러가 큰 관심을 보였다.

"호오! 그런 일도 알고 있습니까?"

"워낙 유명한 일화여서 조금만 조사해도 알게 되더군요."

"맞습니다. 이전에는 정제 기술이 부족해서 원유에서 등유만 추출하고 나머지는 그냥 버렸지요. 그것을 내가 노력해서 다양한 원료를 추출하며 수익성을 높였지요. 그렇게 해서 높아진 수익으로 인수합병을 추진했고요."

"마찬가지입니다. 자동차도 철저하게 파고들어 가면 여러 부분에서 원가절감을 할 수 있습니다. 그래서 우리는 지난 5년여간 저가형 자동차를 만들기 위해 부단히 노력을 했던 것이고요."

존 데이비슨 록펠러가 인정했다.

"맞는 말입니다. 어떤 사업이든 원가절감 할 수 있는 요소는 당연히 있지요. 그러면 그렇게 해서 새로 만든 자동차를 얼마 정도에 판매하려고 합니까?"

"대략 500달러 정도를 생각하고 있습니다."

두 명의 록펠러가 깜짝 놀랐다.

"500달러라고요?"

"그렇습니다."

윌리엄 록펠러가 고개를 저었다.

"믿을 수가 없습니다. 지금 시중에 팔리는 자동차가 2,000달러 내외입니다. 그런 자동차를 어떻게 500달러에 만들어 팔 수 있단 말입니까?"

대진이 싱긋이 웃었다.

"왜 안 된다고 이렇게 단정하십니까?"

대진이 너무도 당당하게 반문했다. 그런 모습을 본 윌리엄 록펠러는 당황하지 않을 수 없었다.

"그렇지 않습니까? 기존의 자동차는 2,000달러도 옵션을 제외한 가격이어서 몇 개의 옵션을 추가하면 3,000달러를 훌쩍 넘어갑니다. 그런데 어떻게 500달러에 판매할 수 있단 말입니까?"

윌리엄 록펠러는 이런 항변을 했다. 그러나 존 데이비슨 록펠러는 바로 입을 열지 않고 잠시 생각하다 고개를 들었다.

존 데이비슨 록펠러가 질문했다.

"충분히 가능하기 때문에 후작님께서 이런 말을 하시는 거겠지요?"

"물론입니다. 500달러에서 조금 오르내릴 수는 있을 겁니다. 하지만 본격적으로 양산이 된다면 충분히 맞출 수 있는 가격대임에는 분명합니다."

존 데이비슨 록펠러가 고개를 저었다.

"우리가 후작님을 처음 뵈어서 그런지 솔직히 그 말에 믿음이 가지는 않습니다. 하지만 그게 사실이라고 하면 놀라운 일이군요."

"그렇습니다. 미국의 인건비가 하루 1달러 정도라고 하던데, 맞습니까?"

"다소의 차이는 있지만 대략 그 정도는 됩니다."

"그런 서민들이 조금만 무리하면 탈 수 있는 자동차를 생산하자는 게 우리의 목표입니다. 그래서 몇 년 동안 노력해서 결실을 보게 되었고요."

"그렇군요."

이후 다양한 질문과 대답이 오갔다.

그런 대화를 하면서 대진은 느낄 수 있었다. 록펠러 형제가 500달러에 자동차를 생산할 수 있다는 말을 별로 믿지 않는다는 사실을.

그러나 대진은 신경 쓰지 않았다.

대진이 500달러라는 가격을 책정한 것은 충분한 계산이 있어서였다. 기록에 의하면 미국에서 자동차를 가장 먼저 양산한 회사가 포드다.

헨리 포드가 창립한 포드자동차는 컨베이어시스템을 도입하면서 자동차를 양산했다. 그러면서 당시로는 획기적인 500달러에 차를 판매했다.

누구도 생각할 수 없는 가격이었다.

포드는 단가를 낮추기 위해 모양을 단순화했으며 검은색으로만 도색했다. 그 결과 포드자동차는 폭발적으로 판매되면서 미국 시장을 휩쓸었다.

대진은 이런 포드자동차의 전략을 철저하게 연구했다. 그 결과, 지금도 500달러라면 충분히 승산이 있다는 판단을 하고 미국으로 건너왔다.

그런데 록펠러 형제는 이런 대진의 계획을 크게 신뢰하지 않았다. 그 바람에 이날의 협상은 다음에 기회를 더 갖는 것으로 하고 끝이 났다.

그리고 이틀 후.

대진은 코가 유난히도 큰 사람과 마주 앉았다.

"처음 뵙겠습니다. J.S.모건 앤 컴퍼니의 존 피어폰트 모건이라고 합니다."

대진도 자신을 소개하면 악수했다.

모건이 자리에 앉으며 먼저 인사를 했다.

"저에게 투자할 기회를 주어서 감사드립니다."

대진은 역시 금융가라는 생각이 들었다. 지난번에 록펠러 형제를 만났을 때는 대진이 먼저 인사를 했는데, 모건은 먼저 감사를 표시했다.

작지만 큰 차이였다.

대진이 화답했다.

"미국 최고의 투자자께서 그런 말씀을 해 주셔서 오히려 제가 영광입니다."

모건이 호탕하게 웃었다.

"하하하! 별말씀을요. 나는, 그리고 우리 가문은 금융가이면서 투자자입니다. 그런 우리는 늘 좋은 투자처와 합작 파트너와 만나기를 고대하고 있지요. 부디 이번 만남에서 그런 소망이 이뤄졌으면 좋겠습니다."

모건의 화술은 능수능란하다는 표현이 어울릴 정도였다. 말이라면 자신 있었던 대진도 그의 화술에 내심 감탄하며 대답했다.

"최선을 다해 미스터 모건의 소망이 이뤄지도록 노력하겠습니다."

"하하하! 좋습니다."

대진은 지난번 록펠러를 만났을 때와 같은 설명을 했다.

JP모건은 그 설명을 듣고서 잠시 고심하다 질문했다.

"후작님께서는 미국의 자동차 시장이 폭발적으로 성장할 거라고 예상하시는군요?"

대진이 고개를 저었다.

"아닙니다."

모건이 어리둥절해했다.

"예? 아니라니요? 방금 말씀하신 계획은 그런 것을 염두에 두고 세우신 거 아닙니까?"

대진이 분명하게 밝혔다.

"자동차 시장은 우리가 만들어 나가는 겁니다. 지금까지 보급된 자동차는 고가여서 미국의 중산층이 구입하는 것은 아주 어렵습니다. 그러나 자동차 구매 욕구는 거의 모든 사람들이 갖고 있고요. 우리는 그런 미국 중산층의 구매 욕구를 자극하면서 새로운 시장을 만들어 가야 합니다."

모건의 표정이 더 진지해졌다.

"시장을 직접 만들어 나가기 위해서 500달러의 차를 만들려는 것이라는 말씀이군요."

"그렇습니다."

"하지만 500달러도 결코 싼 가격은 아닙니다. 우리 합중국의 평균 일당이 1달러 정도입니다. 그런 노동자들에게 500달러는 거금이지요."

대진이 바로 동조했다.

"맞는 말씀입니다. 결코 적은 금액은 아니지요. 일반 가정집에서 그처럼 거금을 모아 놓은 경우도 거의 없고요."

모건의 눈이 빛났다.

"그럼에도 자신하시는 것이, 돌파구를 갖고 있다는 말씀으로 들립니다."

그 말에 대진이 호탕하게 웃었다.

그러고는 가져온 서류를 건넸다. 그 서류를 펼쳐 본 모건의 눈이 더없이 커졌다.

"자동차 할부금융사를 설립한다고요?"

"그렇습니다. 500달러는 의외로 괜찮은 가격대입니다. 그럼에도 선뜻 손을 내밀기 어려운 것도 현실이지요. 그런 금전적 부담을 금융으로 치환하자는 겁니다."

대진이 자동차 할부금융의 방식에 대해 설명했다. 그 설명을 들은 모건의 눈이 더없이 빛났다.

"대단한 발상이군요. 개인신용도에 따라 할부금리를 차등적용 하는 것은 물론이고 할부금액조차도 차등적용 한다면 금융사의 부담이 그만큼 줄어들겠군요."

"그렇습니다. 판매량은 분명 폭발적으로 늘어나게 될 것입니다. 그러면 그만큼 금융사의 수익도 늘어나겠지요."

"자동차 회사는 바로 원금을 회수하니 회사 운영에 전혀 문제가 없겠군요."

"그렇습니다."

모건이 격하게 반응했다.

"참으로 놀라운 판매 방식입니다. 월 스트리트의 그 누구도 생각하지 못한 금융 기법입니다."

고개를 끄덕이던 모건이 문제를 제기했다.

"그런데 자동차를 갖고 도주하면 찾을 방법이 없지 않습니까?"

"예, 그래서 자동차 관련 법규를 새롭게 제정해야 합니다. 미국에는 아직 자동차 관련 법규가 없더군요."

"그렇습니다."

"앞으로 모든 자동차에는 고유 식별번호, 다시 말해 자동차번호판을 부착하게 해야 합니다. 그래야 도난도 방지할뿐더러 미합중국 정부나 각 주정부도 앞으로 자동차를 보유한 사람에게 세금을 물릴 수가 있습니다."

모건이 탁자를 쳤다.

탁.

"그거 아주 기발한 생각이네요. 고유 번호판을 부착하게 되면 여러모로 편리하겠군요. 도난이나 도주에 대한 방지도 할 수가 있고요."

"우리 대한제국은 자동차 보급 초기부터 법령을 제정해 번호판을 부착해 왔습니다. 그래서 세원 확보는 물론이고 자동차의 차적 관리를 정부 차원에서 철저하게 시행해 왔지요."

대진이 자동차번호판의 장점에 대해 한동안 설명했다. JP 모건은 그의 말에 연신 고개를 끄덕이며 동조했다.

"놀라운 일이군요. 귀국이 동양 최고의 공업국이라는 사실은 잘 알고 있었습니다. 허나 그런 귀국이 이렇게 법체계도 잘 만들어 가고 있는 줄 몰랐습니다. 할부금융과 번호판을 잘 활용한다면 자동차 사업을 획기적으로 발전시킬 수 있겠습니다."

대진도 그의 말에 적극 동조했다.

"그렇습니다. 일반 판매를 하는 것보다 몇 배, 아니 몇십배의 성장도 가능할 것입니다. 더구나 미합중국은 영토도 넓고 인구도 급증하고 있어서 더 도움이 될 것이고요."

"그런데 이처럼 보급용 자동차를 유럽에서도 판매하실 겁니까?"

"그렇습니다. 미국보다는 조금 늦지만 독일에 있는 벤츠 자동차를 통해 생산 판매를 할 예정입니다."

"그렇다면 유럽에서도 할부금융사가 필요하겠군요."

"그렇게 되겠지요."

대진의 말을 들은 모건이 제안했다.

"우리 모건이 유럽의 할부금융사에도 투자하게 해 주십시오. 그렇게 해 주신다면 후작님의 투자 제안을 전적으로 받아들이겠습니다."

대진이 깜짝 놀랐다.

"자동차 산업은 막대한 자금이 투입되어야 합니다. 그런 사업을 제대로 검토도 하지 않고 즉석에서 결정하신단 말씀입니까?"

JP모건이 고개를 끄덕였다.

"그렇습니다. 저는 자동차는 석유 시대를 선도하게 될 거라는 후작님의 말씀에 전적으로 동의합니다. 아울러 땅이 넓은 우리 미합중국에 가장 필요한 물건이라는 사실에도 전적으로 동의를 하고요. 거기에 세계 최고, 최초의 기술력을 귀국이 갖고 있는데 망설일 이유가 없지요."

그의 말이 맞기는 하다. 그러나 모건이 너무도 쉽게 합작에 동의하니 오히려 어리둥절해졌다.

모건이 웃으며 말을 이었다.

"제 결정이 너무 갑작스럽습니까?"

대진이 부인하지 않았다.

"솔직히 그렇습니다. 금융가는 철저하게 손익을 따지는 것으로 유명합니다. 그런 금융가 중에서도 최고라고 소문난 분이 너무도 쉽게 합작에 동의한다는 사실이 어리둥절합니다."

모건이 정색했다.

"자동차는 대한자동차의 독점사업입니다. 그런 대한자동차가 단독진출이 아닌 왜 합작을 하려 하는지 그 원인을 파악해 봤습니다."

대진이 내심 놀랐다.

최고의 사업가라고 소문난 록펠러도 이런 말을 하지는 않았다. 단지 500달러에 자동차를 만들 수 있는지 없는지에 대한 수익성만을 따졌다. 그런데 모건은 달랐다.

"합작하려는 이유를 찾았다는 말씀이십니까?"

"그렇습니다. 이유는 의외로 간단하더군요."

모건의 표정은 너무도 당당했다. 그런 모습을 본 대진은 그가 합작 원인을 찾았다는 사실을 어렵지 않게 짐작할 수 있었다.

그래도 확인이 필요했다.

"그 이유를 들어 볼 수 있을까요?"

"가장 중요한 이유는 이미지 재고와 판매이지요. 우리 미국에는 아직도 인종차별이 있습니다. 그것도 상당히 심하다고 볼 수가 있지요. 그런 상황에서 대한자동차가 직접 진출해서 자동차를 생산한다면 여러모로 불편한 점이 많을 것입니다. KKK단과 같이 극단적인 인종차별주의자들에게는 공격의 대상이 될 수도 있겠고요."

모건이 천천히 이유를 설명했다. 그 말에 대진은 몇 번이고 고개를 끄덕이지 않을 수 없었다.

"……유럽도 아직은 인종차별에서 자유로울 수가 없지요. 그래서인지 대한자동차는 유럽에서도 현지 합작회사를 운영하고 있더군요."

벤츠자동차를 설립한 실상은 달랐다.

그러나 모건의 말을 들으니 그의 말도 나름대로 일리가 있었다. 유럽에 회사가 있어서 자동차가 더 많이 팔리고 있으니 잘못된 생각은 아니었다.

"……그런 이유로 합작해서 자동차 회사를 설립하려는 것으로 파악되었습니다."

대진이 인정하지 않을 수 없었다.

"놀랍도록 정확한 분석이군요. 조사를 하셨으니 우리가 자본이 없어서 합작하려는 것이 아니라는 사실도 알게 되었겠군요."

모건이 바로 고개를 끄덕였다.

"물론입니다. 대한자동차는 지난 몇 년 동안 해마다 많은 수익을 거두고 있는 것으로 압니다. 그런 대한자동차라면 자금은 차고 넘치겠지요."

"차고 넘치지는 않지만 부족하지 않은 것은 사실입니다. 그러면 다시 묻겠습니다. 모건 대표께서는 우리가 제시한 조건대로 합작을 하시겠습니까?"

모건이 주저하지 않았다.

"합작하겠습니다. 서류를 정밀하게 검토해 봐야겠지만 자동차 회사와 할부금융사의 5 : 5의 투자 조건에는 이의가 없습니다. 우리가 자동차 회사의 지분을 얻는 대가로 공장 설립에 필요한 자금을 전부 조달하겠습니다. 할부금융에 필요한 자금은 귀사와 협의해서 투자하겠습니다."

대진이 짚고 넘어갔다.

"지분은 절반을 넘겨드리겠습니다. 그렇지만 자동차 회사의 경영에 간섭해서는 안 됩니다. 그 대신 투자자 보호와 경영투명성의 재고를 위해 상시감시제도를 도입하겠습니다."

"할부금융은 어떻게 운용하실 겁니까?"

"할부금융사는 우리가 자금만 투자하겠습니다. 운영은 모건이 알아서 하시지요."

모건이 대번에 만족을 표시했다.

"투자자에게 경영투명성만 확보된다면 더 바랄 것이 없는 일이니 만족합니다. 좋습니다. 그렇게 하시지요. 그리고 회사 성장을 위해서는 백인 관리자가 필요하지 않겠습니까?"

대진의 대답이 바로 나왔다.

"그 부분은 걱정하지 않아도 됩니다. 대외 접촉이 잦은 부서의 책임자는 유럽의 벤츠 자동차 회사에서 데려올 예정입니다."

JP모건이 한 번 더 짚었다.

"영어에는 능통하겠지요?"

"물론입니다. 비록 벤츠자동차는 독일에 있지만 유럽 각국을 상대로 영업하고 있습니다. 그래서 모든 중간관리자들은 영어가 필수입니다."

"그렇다면 문제가 없겠군요. 그런데 공장은 어디에 세우실 겁니까?"

"아직 결정한 곳은 없습니다."

"그렇다면 철강회사가 운집해 있는 디트로이트는 어떻습니까? 디트로이트는 이리호(湖)와 접해 있어서 대서양으로도 진출하기가 용이한 곳이지요. 무엇보다 우리 J.S.모건 앤 컴퍼니가 보유한 토지가 상당히 많아 공장을 설립하기가 쉽습니다."

디트로이트는 미국이 3대 자동차 회사의 본사가 있던 곳이다. 그랬다는 사실은 자동차 회사가 들어서기 좋은 입지라는 의미였다.

대진도 나쁘지 않다고 생각했다.

"그런 입지라면 저도 좋습니다. 그런데 자동차 공장을 운영하려면 전기가 많이 필요한데, 문제는 없겠습니까?"

"전기가 많이 필요하다면 발전소를 건설하는 것이 좋겠군요."

"그러면 더 좋고요."

"알겠습니다. 그 부분은 주정부와 협의해서 발전소를 짓도록 하지요."

"감사합니다."

"그리고 나중의 일이겠지만 자동차 회사가 자리를 잡으면 상장은 해야겠지요?"

대진이 적극 동조했다.

"물론이지요. 주식상장은 회사 성장에도 도움이 되지만 투자자의 권익 보호에도 당연히 필요한 사항이지요."

"그런데 주식을 공개하게 되면 지분비율이 떨어지지 않습니까?"

"그렇게 되겠지요. 그래서 경영권을 보호하기 위해 상장할 즈음에 주식의 차등의결권을 적극 도입하려고 합니다."

모건이 깜짝 놀랐다.

"아니, 후작님께서는 차등의결권도 아십니까? 혹시 귀국에 주식시장이 활성화되어 있습니까?"

"아닙니다. 본국은 아직 증권거래소가 개설되지 않았습니다."

"이해할 수가 없군요. 차등의결권은 우리 미국에서도 아직 활성화되지 않은 규정입니다. 그런 권리를 어떻게 후작님께서 알고 계시는지 놀랍군요."

이번에는 대진이 놀랐다.

"미국에서 아직 차등의결권이 시행되지 않고 있는 겁니까?"

모건이 설명했다.

"차등의결권제도가 존재하는 것은 맞습니다. 그러나 아직은 주주의 권익을 헤친다는 논란이 많아서 정식으로 시행되고 있지는 않지요."

"그렇군요. 그렇다면 상장은 차등의결권에 대한 권리가 공고히 된 후에 생각을 해 봐야겠습니다."

모건이 싱긋이 웃었다.

"그렇게 오랜 시간이 걸리지는 않을 겁니다."

대진이 바로 알아들었다.

"맞는 말씀입니다. J.S.모건 앤 컴퍼니가 나서면 금융에서 안 될 일이 어디 있겠습니까? 우리는 J.S.모건 앤 컴퍼니만 믿고 몇 년 내로 시행될 것으로 예상하고 사업을 진행시키겠습니다."

"그렇게 하십시오. 절대 실망시켜 드리지 않을 것입니다."

두 사람은 며칠 후 다시 만날 것을 약속하고는 면담을 끝냈다. 이렇듯 모건과 대강의 협의를 마친 탓에 이어진 다른 면담은 형식적으로 끝났다.

JP모건과 실질적인 협상에 들어갔다. 대진은 그와 기차를 타고 디트로이트를 직접 찾았다.

디트로이트는 항구도시였다.

모건이 설명했다.

"디트로이트는 본래 작은 하항에 지나지 않았지요. 그러다 내륙수운이 발달하면서 인구가 대폭 증가된 도시이지요. 특히 오대호를 끼고 발달하고 있는 철강과 기계공업이 도시를 더 발달시키고 있고요."

"그래도 지금은 인구가 많지가 않네요."

"예, 맞습니다. 디트로이트는 주변 때문에 발전하고 있지만 아직 자체적으로 대형 회사를 품지 못하고 있습니다. 앞으로 AM, 아메리카모터스가 디트로이트에서 정식으로 출범을 하게 되면 인구가 폭증하지 않겠습니까?"

이번에 세워질 합작자동차 회사를 아메리카모터스, 약칭으로 AM이라 부르기로 했다. 미국 최초의 자동차 회사라는 의미의 이름을 모건이 제안하고 대진이 동의해서 탄생했다.

대진도 모건의 기대에 동조했다.

"그렇게 될 것입니다. AM이 제대로 성장하게 되면 직접고용이 10만 이상 될 것입니다. 아울러 협력 회사를 포함한 간접고용은 그보다 몇 배는 더 될 것이고요."

"수십만 명이 자동차 관련 회사에 종사하게 된다는 말씀이군요. 그렇게 되면 자동차는 완전한 하나의 산업으로 거듭나겠네요. 하루빨리 그런 날이 왔으면 좋겠습니다."

두 사람은 디트로이트 주변에 있는 J.S.모건 앤 컴퍼니의 소유 부지를 둘러봤다. 부지는 디트로이트강 건너 캐나다 지역에도 상당한 면적이 있었다.

그런 지역을 둘러보던 대진은 항구와 별로 떨어지지 않은 지역을 선택했다.

"이 일대가 좋겠습니다."

모건도 흔쾌히 찬성했다.

"잘 결정했습니다. 주변에 부지가 꽤 있으니 확장할 때를 고려해서 터를 넓게 잡도록 하겠습니다."

"그렇게 해 주시면 고맙지요."

부지를 결정한 두 사람은 곧바로 뉴욕으로 돌아왔다.

그런 다음 날 대진은 계약서를 최종 검토하고 날인하기 위해 J.S.모건 앤 컴퍼니를 찾았다.

자동차에서 대진은 이상한 장면을 목격했다. 맞은편 건물 귀퉁이에 약국이 있었는데 마치 노천카페처럼 의자가 놓여 있었다.

대진이 이상하다고 생각하고 있을 때 마중을 나온 JP모건이 다가왔다.

"무엇을 보고 계십니까?"

대진이 손을 들어 약국을 가리켰다.

"저기 보이는 것이 약국 아닙니까?"

"그렇습니다."

"약국인데 왜 저 앞에 의자가 놓여 있는 것인가요? 그리고 사람들이 약국에서 사서 마시는 것은 또 무엇이고요."

"아! 그건 얼마 전부터 약국에서 팔고 있는 코카콜라라는 음료입니다."

대진이 깜짝 놀랐다.

"예? 코카콜라를 약국에서 판다고요?"

모건이 오히려 의아해했다.

"우리 미합중국에서는 탄산음료를 약국에서 팝니다. 닥터 페퍼(Dr. Pepper)도 그렇지만 코카콜라도 약사가 개발했기 때문이지요."

대진이 몰랐던 사실이었다.

"탄산음료를 마켓이나 카페에서 판매하지 않는다는 말씀이군요."

"그렇습니다."

대진이 슬쩍 말을 지어냈다.

"우리 대한제국에서는 음료를 병에 주입해서 팝니다. 그런데 미국에서는 탄산음료를 병에 주입해서 팔지도 않는가 보네요?"

모건이 고개를 저었다.

"병값이 비싸서 실익이 없을 겁니다. 그래서 저렇게 보시는 대로 대형 용기에 넣어서 잔으로 판매하고 있지요."

"그렇군요. 두 탄산음료는 언제부터 판매된 것입니까?"

"닥터 페퍼는 몇 년 된 것으로 압니다. 반면에 코카콜라는 지난해인가 금년 초인가부터 팔더군요."

대진은 지금 시대 코카콜라의 맛이 궁금했다.

"우리나라에는 없는 탄산음료여서 한번 맛을 보고 싶군요."

"궁금하시면 직접 가서 드셔 보시지요."

모건이 바로 앞장섰다.

대진은 묘한 기대감과 흥분을 느끼면서 그의 뒤를 따랐다. 길을 건너 약국에 도착한 모건은 비서를 시켜 코카콜라를 가져오게 했다.

모건의 비서가 콜라를 가져왔다. 유리잔에 들어 있는 코카콜라는 탄산 거품을 터트리고 있었다.

모건이 권했다.

"드셔 보시지요."

"감사합니다."

잔에 들어 있는 코카콜라는 이전과 똑같은 검은색이었다. 거기다 탄산이 부글거리며 터지는 형상까지 닮았다.

대진이 콜라를 한 모금 마셨다.

톡 쏘는 탄산이 훨씬 강렬했다. 그런데 콜라의 맛이 이전과는 뭔가 조금 달랐다.

모건이 물었다.

"맛이 어떻습니까?"

"묘한 맛이네요. 청량감도 있고 특유의 향도 은근히 나는 것이 꽤 맛이 좋습니다."

"그러게 말입니다. 나도 말만 들었지 직접 먹어 보는 것은 처음인데 괜찮네요."

생각지도 않은 만남이었다.

이 시대 뉴욕 한복판 월 스트리트의 약국에서 코카콜라를 접할 줄은 몰랐다. 맛은 이전보다 조금은 부족한 느낌이었으나 그래도 콜라였다.

대진은 몇 번이고 음미하며 마셨다. 대진이 콜라를 맛있게 먹는 모습을 본 모건이 웃었다.

"처음 드셨을 터인데 잘 드시네요. 탄산음료를 특유의 톡 쏘는 맛 때문에 잘 마시지 못하는 사람도 있는데 말입니다."

"예, 저에게는 맞네요."

대진이 주변을 둘러봤다. 그런데 콜라를 사서 마시는 사람이 별로 많지 않았다.

"생각보다 많은 사람이 사서 마시지를 않네요?"

"이제 막 시판되는 음료이니 어쩔 수 없지요."

"맞는 말씀입니다. 사람의 입맛처럼 보수적인 것은 없지요."

이러던 대진이 잔을 들었다.

"모건 대표님, 이 코카콜라가 어디서 만들어지는지 알려 주실 수 있겠습니까?"

"왜요? 콜라에 관심이 많으십니까?"

대진이 슬쩍 말을 돌렸다.

"예, 마셔 보니 나쁘지 않아서요. 우리나라에는 아직 탄산

음료가 없어서 수입해 가면 어떨까 해서요."

"잠시만 기다려 보시지요."

모건이 옆에 있는 비서에게 지시했다. 지시를 받은 비서가 약국으로 가서 확인하고 돌아왔다.

"조지아주의 애틀랜타라고 합니다."

대진이 확인했다.

"여기서 애틀랜타까지 멉니까?"

"대략 900마일 정도 되니 짧은 거리는 아니지요. 하지만 요즘은 기차가 있어서 그렇게 먼 거리도 아닙니다. 왜요? 한 번 찾아가 보시게요?"

"예, 미국에 온 김에 코카콜라 대표를 만나 보고 싶네요."

모건이 적극 동의했다.

"그렇게 하십시오. 그런데 조지아는 남부 중심이어서 아직은 유색인종에 대한 차별이 노골적인 지역입니다. 꼭 애틀랜타를 방문하시겠다면 제가 안내인과 경호원을 동행시켜 드리지요."

"배려에 감사드립니다."

모건이 자리에서 일어났다.

"그럼 우리 일을 하러 올라가시지요."

"좋습니다."

이미 합작에 따른 대강의 내용은 구두로 협의를 본 상태였다. 그 바람에 합작 협약은 일사천리로 진행되었으나 검토할 사안이 많아서 하루 종일 서류 검토에 매달려야 했다.

그리고 늦은 오후.
대진과 모건이 기자회견석상에 섰다.
펑! 펑! 펑! 펑!
모건은 사전에 자동차 회사 창립 소식을 신문사로 알렸다.
그 소식을 들은 기자들이 오전부터 수십 명이 모여 있었다.

기자들은 두 사람이 단상에 모습을 보이자 연신 카메라 셔터를 눌렀다. 두 사람은 잠시 기자들을 위해 포즈를 취해 주었다.

모건이 먼저 나섰다.
"오늘 우리는 미합중국 최초의 자동차 회사를 설립하기로 합의를 봤습니다. 자동차 회사의 이름은 아메리카모터스로 약칭은 AM이며, 미시간의 디트로이트에 설립될 것입니다."

누군가가 소리쳤다.
"생산 규모는 얼마나 됩니까?"
"아메리카모터스는 연산 10만 대 규모로 건설됩니다. 아울러 판매량의 추이를 봐 가면서 증설할 예정입니다."

10만 대라는 말에 기자들이 크게 술렁였다. 모건은 그런 장내 분위기를 즐기듯 잠깐 말을 멈추었다.

"아메리카모터스는 미합중국 중산층도 쉽게 탈 수 있을 정도의 실용적인 자동차를 생산할 예정입니다. 아울러 경유기관으로 구동되는 화물트럭도 양산할 예정이며 대량의 여객을 수송할 수 있는 버스 또한 생산할 예정입니다."

장내가 또 한 번 술렁였다.

미국은 아직까지 2행정기관이 초기 형태의 자동차가 겨우 만들어지고 있었다. 그런데 아메리카모터스는 그런 자동차를 압살하려는 듯 몇 종의 차량을 한꺼번에 생산한다고 한다.

기자들은 모건의 발표에 놀라면서도 받아쓰기에 정신이 없었다.

모건의 발표가 이어졌다.

"아무리 가격을 낮춘다고 해도 자동차는 기본적으로 고가입니다. 그로 인해 자동차 구입을 하는 일이 결코 쉽지 않지요. 그래서 우리 J.S.모건 앤 컴퍼니에서는 자동차 양산에 맞춰 새로운 금융상품을 출시할 예정입니다. 상품의 이름은 '자동차금융'으로 고가의 자동차를 개인의 신용도에 따른 계약금만 내고 남은 금액은 매월 분납하는 방식이지요."

상상하지도 못한 이야기에 기자들은 크게 놀랐다.

5장

지금까지 할부금융은 없었다.

그런데 고가의 자동차를 할부로 구입할 수 있는 길이 열렸다고 한다. 모건이 설명이 끝나기도 전에 기자들이 벌 떼같이 손을 들었다.

모건이 그런 기자들이 다독였다.

"우선 설명을 다 듣고 나서 질문 시간을 갖도록 합시다. 할부금융은 개인보다는 법인에 더 유리한 제도이지요. 아울러 자동차를 이용해 물류나 유통 사업을 하려는 회사에도 큰 도움이 될 것이고요. 물론 내 차를 갖고 싶어 하는 개인들에게도 당연히 좋은 제도이지요. 그러나 모든 사람에게 할부 제도가 적용되는 것은 아닙니다."

모건이 잠깐 숨을 돌렸다.

"우리 은행은 이 제도를 공정하게 운용하기 위한 제도적 장치를 마련할 계획입니다. 그러기 위해서 별도의 금융회사를 설립할 예정이고요. 그렇게 해서 제도가 완비되면 누구나 손쉽게 자동차를 구입할 수 있을 것입니다."

설명이 끝나고 질의응답이 이어졌다.

질의에 대부분의 기자들이 참여했다. 너무 많은 기자들이 질문을 쏟아 내느라 기자회견은 늦게까지 진행되었다.

다음 날.

자동차 회사 출범 소식은 뉴욕은 물론 동부의 거의 모든 신문의 1면을 장식했다. 아울러 할부금융 제도가 도입된다는 사실도 함께 보도되었다.

반향은 엄청났다.

자동차는 이 시대의 최첨단 제품이다.

그런 자동차를 양산하겠다는 것만으로도 엄청난 뉴스다. 그런데 심지어 그런 자동차를 할부로 손쉽게 구매할 수 있다는 방법이 생겼다는 보도는 폭발적인 관심을 불러일으켰다.

그 바람에 대진이 머물고 있는 호텔도 기자들이 쏟아져 들어왔다. 그러나 대진은 기자들이 몰려오기 전에 뒷문으로 호텔을 빠져나왔다.

그리고 모건이 보내 준 안내인과 경호원을 대동하고 기차에 올랐다. 경유기관차가 도입되었으나 아직도 많은 노선은 증기기관차가 운행되고 있었다.

애틀랜타로 가는 철도노선도 증기기관차였다. 더구나 중간 기착지가 많아 사흘 만에 애틀랜타에 도착할 수 있었다.

뉴욕에서도 동양인은 드물었다.

있다고 해 봐야 철도 노동자로 들어온 중국인이 고작이었다. 남부의 중심인 애틀랜타는 더 심해서 동양인을 보는 경우는 하늘의 별 따기처럼 어렵다.

그런데 대진과 비서, 본토에서 함께 온 경호원이 갑자기 출구를 빠져나왔다. 몇 명의 동양인이 우르르 모습을 보이자 역 구내에 있던 사람들의 시선이 일제히 쏠렸다.

처음에는 놀랍다는 반응이었다. 그러나 이내 곳곳에서 노골적으로 불쾌한 표정이 터져 나왔다.

그러나 대진은 당당했다. 그 어느 때보다 자세를 바로 해서는 당당하게 걸음을 옮겼다.

모건의 안내인은 그래서 더 정중했다.

"후작님, 이리로 오시지요."

기차를 타고 오면서 대진은 모건의 안내인과 많은 대화를 나눴다. 안내인은 모건 가문의 일을 봐주는 직원인 덕에 시종일관 정중했다.

그는 주변의 시선에 아랑곳하지 않고 대진을 정중하게 안내했다. 아니, 혹시 모를 불상사를 방지하기 위해 일부러 더 정중하게 행동했다.

그래서인지 불쾌한 표정은 많았으나 별다른 일은 일어나지 않았다.

역을 빠져나오니 마차가 대기하고 있었다.

"오르시지요. 애틀랜타에 오기 전에 미리 연락해 두었습니다."

"고맙습니다."

대진을 태운 마차는 한동안 이동했다. 코카콜라 공장이 애틀랜타 중심부에서 조금 벗어난 곳에 있었기 때문이다.

대진이 마차에서 내리자 전면에 커다란 입간판에 서 있었다. 특유의 코카콜라 흘림체 로고 간판이 세워진 공장은 규모가 의외로 작았다.

"들어가시지요. 대표가 기다리고 있을 겁니다."

"코카콜라에도 미리 연락해 두었나 보군요."

"그렇습니다. 미국에서 우리 J.S.모건 앤 컴퍼니를 모르는 사람은 없습니다. 그래서 뉴욕에서 출발할 때 미리 연락해 두었습니다."

대진은 안내인의 세심함에 놀랐다.

"신경을 써 주셔서 감사합니다."

"아닙니다. 앞으로 우리 J.S.모건 앤 컴퍼니와 합작회사를 운영하실 분을 모시는 것은 당연한 책무입니다."

코카콜라는 약사인 존 펨버튼(John Pemberton)이 1886년 두통약으로 만들었다. 원래는 포도주와 소화제가 들어갔는데 술을 마시지 못하는 사람들을 고려해 포도주를 빼고 탄산으로 대체되었다.

하지만 그렇게 만들어진 음료는 잘 팔리지 않았다. 그러던 중 경리 직원이던 프랭크 로빈슨이 코카콜라라는 이름을 만들어 냈다.

그리고 약재상인 아서 캔들러가 1888년 코카콜라의 제조 방법과 상표를 존 펨버튼에게서 2,300달러를 주고 구입했다. 이후 아서 캔들러는 프랭크 로빈슨을 영입해 판매에 적극 나서고 있었다.

이날도 두 사람은 직원들과 함께 열심히 콜라 원액을 생산하고 있었다. 그러다 잠시 시간이 나자 프랭크 로빈슨이 담배를 빼 물었다.

"아서, 오늘 J.S.모건 앤 컴퍼니에서 사람이 온다고 했다면서요."

아서도 담배를 빼 물면서 대답했다.

"그래, 며칠 전에 전화가 왔었어. 오늘 찾아오겠다고 말이야."

"무슨 일로 J.S.모건 앤 컴퍼니에서 사람이 오는 걸까요?"

"그건 모르지."

"혹시, 우리 코카콜라의 가치를 보고 투자하려는 것은 아닐까요?"

"그랬으면 얼마나 좋겠어. 그렇지 않아도 투자자금을 유치하기 위해 월가로 제안서를 보내려고 했는데 말이야."

프랭크 로빈슨이 고개를 끄덕였다.

"역시 그런 생각을 하고 있었군요."

"그래, 광고를 대대적으로 한 덕분에 폭발적인 반응을 보이고 있잖아. 그래서 투자를 적극 유치해서 회사를 대폭 확장하려고 해."

"맞습니다. 미 전역을 노리기 위해서는 몇 곳에 공장을 세우는 것이 좋지요. 그리고 유리병 공장도 만들어야 하고요."

"프랭크도 그런 생각을 하고 있었구나."

"그렇습니다. 지금처럼 인기가 있을 때 하루빨리 회사를 확장해야 합니다. 아울러 조금은 부족한 맛에 대한 정리도 새롭게 해야 하고요."

이 말에 아서 캔들러가 크게 고개를 끄덕였다.

"맞아. 회사도 맛도 새롭게 정리해야 할 때야."

이때 직원이 급히 다가왔다.

"사장님, 지금 사무실에 J.S.모건 앤 컴퍼니에서 왔다는 사람이 도착해 있습니다."

"오! 어서 나가 보자."

두 사람은 담배를 끄고서 공장을 나왔다. 그리고 공장과 조금 떨어진 사무실로 들어갔다.

안으로 들어선 두 사람은 흠칫했다.

기다리고 있던 사람 중에 동양인인 대진과 그의 비서가 포함되어 있었기 때문이다. 그러나 이내 안색을 바로 하고는 모건의 안내인에게 인사했다.

"어서 오십시오. J.S.모건 앤 컴퍼니에서 오셨다고요?"

"그렇습니다. 저는 J.S.모건 앤 컴퍼니의 중역이신 JP모건 님을 모시는 조지 밀러라고 합니다. 그리고 이분은 한국에서 오신 후작님으로, 이번에 우리 J.S.모건 앤 컴퍼니와 합작하게 된 대한무역의 대표님이십니다."

아서와 프랭크도 신문을 통해 자동차 회사 설립을 알고 있었다. 그런 두 사람이기에 신문기사로 접한 대진이 방문했다는 말에 깜짝 놀랐다.

아서 캔들러가 급히 손을 내밀었다.

"어서 오십시오, 몰라뵈어서 죄송합니다."

대진이 능숙한 영어로 답변했다.

"괜찮습니다. 서로 처음 보는 관계이니 당연히 몰라볼 수밖에요."

아서가 프랭크를 소개했다.

"여기 프랭크는 저와 함께 코카콜라를 이끌고 있습니다."

프랭크 로빈슨이 자신을 소개했다.

"프랭크 로빈슨입니다. 아서 캔들러 사장님을 모시고 있지요."

대진이 그의 손을 잡았다.

"처음 뵙겠습니다. 대한제국 황실고문이며 후작인 이대진
이라고 합니다. 대한무역 대표를 맡고 있지요."

황실고문이며 후작이라는 말에 아서와 프랭크의 눈이 다
시 커졌다. 아서가 급히 자리를 권했다.

"이리로 앉으시지요."

"감사합니다."

사람들이 자리에 앉자 콜라가 나왔다.

아서가 권했다.

"드셔 보시지요. 본사에서 만든 코카콜라입니다."

대진이 한 모금 마시고서 칭찬했다.

"맛이 아주 좋습니다. 탄산의 톡 쏘는 맛도 그만이고요."

"감사합니다."

잠시 콜라를 놓고 한담이 오갔다.

아서와 프랭크는 대진이 의외로 콜라를 잘 안다는 사실에 놀
랐다. 그 바람에 한담은 자연스럽게 진지한 대화로 넘어갔다.

대화를 진행하던 아서가 감탄했다.

"대단하십니다. 미국에 와서 처음 접했을 터인데 우리 콜
라에 대해 너무도 잘 아시네요."

"대표님의 말씀대로 며칠 전에 처음 콜라를 접한 것은 맞
습니다. 그럼에도 이런 말을 할 수 있는 것은 그만큼 코카콜

라의 범용성이 뛰어나다는 의미지요."

"우리 콜라의 음료로써 성장 가능성을 높게 보시는 겁니까?"

"그렇습니다. 지금의 맛을 조금만 더 보완한다면 누구나 쉽게 찾을 수 있는 음료가 될 것입니다. 그리고 병에 주입해서 판매를 해야 소비가 폭발적으로 늘어나겠지요."

"아아! 대단합니다. 우리도 그런 계획을 갖고 있었는데 후작님께서 핵심을 정확히 짚으셨네요."

"회사는 정식으로 설립을 했습니까?"

아서가 고개를 저었다.

"아직은 아닙니다."

프랭크 로빈슨이 부언했다.

"그렇지 않아도 회사를 확장하기 위해 투자받으려고 준비하던 참이었습니다."

아서도 인정했다.

"맞습니다. 곧 뉴욕의 투자은행에 제안서를 넣을 계획을 갖고 있었습니다."

조지 밀러가 부정적인 의견을 냈다.

"하지만 아직 회사도 설립하지 않은 상태에서 누가 투자를 하려고 하겠습니까? 더구나 이 음료는 이제 막 시장에 선을 보여서 발전 가능성을 알 수 있는 방법도 없고요."

아서 캔들러가 항변했다.

"음료에서 가장 중요한 것은 맛입니다. 드셔 보셔서 아시겠지만 우리 코카콜라는 매력 있는 맛을 지니고 있습니다."

조지 밀러가 어깨를 으쓱했다.

"당연히 그렇겠지요. 맛이 없었다면 뉴욕까지 시장을 넓힐 수도 없었겠지요. 그러나 한 잔에 겨우 5센트밖에 하지 않은 음료를 얼마나 많이 팔아야 수익이 나올까요? 콜라를 매일 물처럼 마시지 않고서야 많은 수익을 얻기란 요원합니다."

이 말에 아서와 프랭크가 반박을 못 했다.

이들 두 사람은 코카콜라가 매력 있는 음료라는 자부심은 갖고 있었다. 하지만 물처럼 누구나 쉽게 마실 수 있을 거라는 생각은 못 하고 있었다.

아서가 조심스럽게 질문했다.

"투자자금을 모집하기가 어려울까요?"

조지 밀러가 딱 잘랐다.

"미안한 말이지만 어렵습니다. 지금의 월가는 철도와 광산 그리고 철강과 화학 같은 중후장대사업에 투자를 집중하고 있지요. 그런 투자처도 널려 있고, 또 수익도 크게 나고 있지요. 그런 상황에서 겨우 5센트짜리 음료를 파는 회사에 누가 투자를 하려 하겠습니까?"

아서와 프랭크의 안색이 심각해졌다. 한동안 말을 하지 못하던 아서가 입을 열었다.

"그런데 왜 찾아온 것입니까?"

조지 밀러가 대진을 바라봤다.

"후작님께서 방문하고 싶다고 하셔서 코카콜라를 찾아온 것입니다."

아서와 프랭크가 동시에 대진을 바라봤다. 프랭크 로빈슨이 조심스럽게 질문했다.

"후작님께서는 무슨 이유로 우리를 찾아오신 겁니까?"

대진이 두말하지 않았다.

"코카콜라에 투자하기 위해서입니다."

프랭크 로빈슨이 깜짝 놀랐다.

"그게 정말입니까?"

"그렇습니다."

조지 밀러가 급히 만류했다.

"후작님, 위험한 투자입니다. 잘못했다간 투자자금 전액을 날릴 수도 있습니다. 재고하십시오."

조지 밀러가 강력하게 반대했다.

아서 캔들러와 프랭크 로빈슨의 안색이 더없이 붉어졌다. 두 사람은 대놓고 말을 하지 않았지만 간절한 눈빛으로 대진을 바라봤다.

대진이 그들을 보며 분명히 밝혔다.

"나는 투자를 할 것입니다. 지금 당장이 아닌 코카콜라의 미래를 믿고서요."

아서와 프랭크는 서로의 손을 꼭 맞잡았다. 투자를 반대하던 조지 밀러는 아쉬움에 고개를 저었다.

극과 극의 반응이었다.

대진이 그들에게 생각을 밝혔다.

"지금의 코카콜라는 미약합니다. 그래서 조지 밀러 씨의 의견도 틀린 것은 아닙니다. 그러나 나는 지금이 아닌 미래의 코카콜라를 믿습니다. 미래에는 누구나 코카콜라를 마실 것이며 미국뿐이 아닌 전 세계로 팔려 나가게 될 것입니다. 그렇게 만들기 위해서는 대규모 투자가 절실한 상황이지요."

아서 캔들러가 고마워했다.

"감사합니다. 후작님의 말씀만 들어도 가슴이 벅차오릅니다. 저희들은 후작님의 바람이 반드시 이뤄질 수 있도록 혼신의 노력을 다할 것입니다."

이 말을 하는 그의 표정은 더없이 당당했다. 대진이 그런 그를 바라보며 싱긋이 웃었다.

"자! 그러면 지금부터 얼마를 투자해야 하며 그에 따른 지분은 얼마나 넘겨줄지를 협상해야겠지요?"

"좋습니다."

"먼저 코카콜라의 자본이 얼마나 되는지부터 알아야겠지요? 제가 알기로 코카콜라의 제조 방법을 매입했다고 하던데, 얼마였지요?"

아서 캔들러가 숨기지 않았다.

"2,300달러였습니다."

대진이 거듭 질문했다.

"공장의 시설을 비롯한 전체 자산이 얼마나 되는지 파악해 보셨나요?"

아서 캔들러가 바로 대답했다.

"투자를 받기 위해 조사해 봤는데 전부 합해서 1만 달러 정도 됩니다."

의외의 금액에 대진은 놀랐다.

"생각보다 많은 금액이 아니군요."

"솔직히 그렇습니다."

"좋습니다. 지금의 가치가 중요한 것이 아니니 크게 문제 가 되지는 않습니다. 그러면 법인을 설립한 뒤 지분은 얼마를 넘겨주실 것이며 그에 대한 금액은 얼마로 생각하십니까?"

아서 캔들러가 잠시 생각했다.

"2만 달러를 투자해 주십시오. 그에 따른 지분은 20%를 넘겨드리겠습니다."

조지 밀러가 대번에 반발했다.

"말이 되지 않습니다. 총자산이 1만 달러인데 그것을 10배 수로 계상한다는 겁니까?"

아서 캔들러가 강하게 주장했다.

"우리 코카콜라는 획기적인 제품입니다. 기존의 음료와는 전혀 다른 물건이고요. 당연히 그만한 가치는 인정받아야 한 다고 생각합니다."

"말도 안 되는 계산법입니다. 이제 막 시작한 사업이 10배라니요."

조지 밀러의 관점에서 보면 그의 말이 맞다. 그러나 미래에서 살다 온 대진에게 코카콜라 지분 20%가 2만 달러라는 것은 의외였다.

그렇다고 적은 금액은 아니었다.

이 시대에 1달러에 금 1.4848g로 태환된다. 이를 현대의 금 시세로 환산하면 12만 원 정도여서 10만 달러는 120억쯤 된다.

그래서 2만 달러는 24억이다.

코카콜라의 지금 가치로는 결코 적은 금액이 아니다. 그래서 모건 가문의 조지 밀러가 크게 반발한 것이다.

그러나 대진은 달랐다. 코카콜라의 미래가치를 잘 알고 있었기에 한발 더 나갔다.

"49%에 10만 달러."

이 제안에 모두가 깜짝 놀랐다.

조지 밀러가 소리쳤다.

"후작님! 이건 정말 말도 안 되는 금액입니다!"

대진은 냉정했다.

"다시 말씀드리지만 나는 지금의 코카콜라에 투자하는 것이 아닙니다. 그리고 내가 이렇게 많은 금액을 투자하려는 것은 코카콜라의 시간을 사기 위함입니다."

모두가 어리둥절해했다.

프랭크 로빈슨이 급히 질문했다.

"그게 무슨 말씀이십니까? 코카콜라의 시간을 사기 위해 더 많은 금액을 제시하다니요?"

"아서 캔들러 사장의 계획은 몇 년간에 걸쳐 사업을 확장하려 했을 겁니다. 그래서 나에게 방금과 같은 제시를 했을 것이고요."

아서 캔들러가 인정했다.

"맞습니다. 저는 5년여에 걸쳐 대륙 각지에 공장을 세울 계획을 갖고 있었습니다. 그리고 병공장도 직접 운영할 계획이고요."

"그 시간을 단축하라는 겁니다. 5년에 걸쳐 조성할 기반을 2년에서 3년 만에 끝내는 겁니다. 그렇게 되면 코카콜라는 더 많이 팔릴 것이고 수익도 더 많이 발생하게 되지 않겠습니까?"

"당연히 그렇게 되겠지요."

"수익이 많이 발생하면 그만큼 배당을 더 많이 해 주지 않겠어요? 나는 그렇게 해서 얻어지는 수익이 내가 투자하려는 추가 금액보다 훨씬 가치가 높다고 판단하고 있습니다."

"아!"

대진이 말을 이었다.

"투자를 받으면 과감하게 사업을 확장하세요. 지금부터 코카콜라는 시간과의 싸움입니다. 얼마나 빠르게 미 대륙에 판매망을 구축할 수 있느냐가 수익과 직결될 것입니다."

아서 캔들러가 다짐했다.

"무슨 말씀인지 알겠습니다. 그런데 하나 걱정되는 부분이 있습니다."

"말씀하세요."

"49%의 주식을 넘겨드리는 것은 좋습니다. 그러나 훗날 상장하게 되면 제가 가진 지분을 시중에 풀어야 하는데 그렇게 되면 후작님이 최대 지분이 되는 문제가 있습니다."

대진이 딱 잘랐다.

"그 점은 조금도 걱정하지 않아도 됩니다. 상장을 할 때는 같은 비율로 지분을 공개하겠습니다. 그리고 나는 코카콜라 경영에 간섭하고 싶은 생각이 조금도 없습니다. 코카콜라의 최고 자산이 두 분이라는 사실을 저는 누구보다 잘 알고 있으니까요. 그러니 배당만 철저하게 챙겨 주시면 됩니다."

아서 캔들러가 장담했다.

"배당은 신경 쓰지 마십시오. 재투자에 필요한 사내유보금을 제외한 수익은 철저하게 배당을 하겠습니다."

"그러면 되었습니다."

"혹시 대주주로 임원을 파견하실 계획은 있습니까?"

"없습니다. 하지만 회계감사를 쉽게 할 수 있을 정도의 배려는 해 주었으면 합니다."

"투명하게 경영하라는 말씀이군요."

"그렇습니다."

"좋습니다. 저도 방만한 경영을 하고 싶은 생각은 조금도 없습니다."

대강의 합의가 이뤄졌다.

대진은 몇 가지 요구를 추가했고 아서 캔들러는 그 요구를 흔쾌히 받아들였다. 그 자리에서 변호사를 불러 투자약정서가 작성되었다.

대진은 애틀랜타를 방문할 때 J.S.모건 앤 컴퍼니로부터 수표책을 받아 왔었다. 그 수표책을 꺼내 일필휘지로 10만 달러를 적고 날인까지 했다.

대진이 수표를 건네며 당부했다.

"앞으로 잘 부탁드립니다."

아서 캔들러가 조심스럽게 수표를 받았다.

꿈만 같은 일이 일어났다.

생전 처음 보는 동양인이 나타나 많은 대화도 하지 않았는데도 무려 10만 달러나 되는 거금을 흔쾌히 투자해 주었다.

그뿐만 아니라 코카콜라가 성장하는 데 필요한 여러 조언을 해 주기까지 했다.

그가 다짐했다.

"후작님의 기대대로 최대한 빠르게 미국의 음료 시장을 장악해 보겠습니다."

대진이 웃으며 손을 내밀었다.

"충분히 잘해 내실 겁니다."

그와 악수를 나눈 대진은 프랭크 로빈슨과도 굳게 악수를 나눴다. 그러고는 탁자에 놓인 모자를 집어 쓰고서 사무실을 나왔다.

"와!"

대진이 밖으로 나오자마자 코카콜라 사무실에서는 환호가 터져 나왔다. 대진은 그 소리에 빙긋이 웃으면서 마차에 올랐다.

뉴욕에 돌아온 대진은 모건과 마주 앉았다. 조지 밀러로부터 대진이 코카콜라에 거금을 투자했다는 보고를 받은 모건이 궁금해했다.

"이제 막 시장에 나온 음료입니다. 그런 코카콜라에 거금을 투자하시다니 놀랍네요. 후작님이 투자하셨다는 것은 그만큼 미래가치가 뛰어날 거라고 예상하시는 거겠지요?"

"물론입니다."

대진이 자신의 예상을 밝혔다.

미래의 코카콜라를 떠올리며 적당히 설명했다. 그 말을 들은 JP모건이 호탕하게 웃었다.

"하하하! 그 정도로 미래가치가 뛰어나다면 저도 투자를 할 것을요."

대진이 웃었다.

"하하하! 코카콜라는 저에게 양보하시지요. J.S.모건 앤 컴퍼니는 그보다 훨씬 가치 높은 곳에 투자하고 있지 않습니까?"

"그건 그렇습니다."

두 사람은 탁자에 놓인 콜라를 단숨에 비웠다.

출장은 대성공이었다.

코카콜라는 미국의 어떤 자동차 회사보다 시가총액이 월등히 높아진다. 그런 코카콜라의 지분 49%를 얻게 되었으니 최고의 성과였다.

대진이 애틀랜타에서 돌아온 다음 날.

주미공사 지정석이 워싱턴에서 뉴욕으로 넘어왔다. 대진으로부터 코카콜라에 투자했다는 설명을 듣고는 크게 기뻐했다.

"탁월한 투자를 했네. 코카콜라가 이제 막 출범하는 기업인 줄 몰랐어."

"그러게 말입니다. 저도 월가의 노천카페가 아니었다면 그냥 지나칠 뻔했습니다."

"천운이야, 천운. 이 후작의 행운이 하늘에 닿았음이야."

대진이 고개를 저었다.

"제 행운이 아니지요. 이 모든 것은 우리들의 행운이지요."

지정석이 깜짝 놀랐다.

"코카콜라 투자도 대한투자펀드로 넘기려고 하는 거야?"

마군은 자신들과 후손들의 미래를 위한 장치를 조성했다. 그렇게 만들어진 기관이 대한투자펀드였다.

"그렇습니다."

"놀랍네. 이번 투자는 이 후작이 개인적으로 달성한 성과잖아. 그런 성과를 대한투자펀드에 내놓겠다는 결정을 하다니 말이야."

대진이 생각을 밝혔다.

"공사님의 생각이 한편으로는 맞습니다. 자동차 합작 사업 때문에 왔다가 생각지도 않은 투자를 하게 되었으니까요. 그러나 제가 이처럼 해외 각국을 돌아다닐 수 있는 원천은 마군이지 않습니까?"

"그렇기는 하지."

"마군이 아니었다면 제가 이처럼 온 세계를 누비며 활약할 수는 없는 일입니다. 그러니 제가 활동하면서 얻어 내는 성과는 당연히 모두와 공유해야지요."

"이 후작의 말은 맞아. 하지만 모든 성과를 공유하는 것은 맞지 않아. 누구나 성과를 공유한다면 그건 공산주의나 마찬가지잖아. 이 후작도 공산주의의 폐단을 모르지는 않겠지?"

대진은 그 말의 의미가 뭔지 잘 알고 있었다. 하지만 그렇다고 지정석의 말에 수긍하기는 어려웠다.

"그렇다고 이런 성과를 제가 독점할 수는 없지 않겠습니까?"

"그러니까 솔로몬의 지혜를 발휘해야지. 전부를 독점하면 불만이 생기겠지. 그러나 전부를 공유하면 일을 하는 사람들의 개인적인 욕망을 채울 수 없어. 지금은 별문제가 생기지 않겠지만 경제가 급격히 발전하게 되면 공유와 소유 부분이 문제가 생기게 되어 있어."

지정석의 의견도 일리가 있었다.

대진은 지금까지 일을 추진하면서 그런 부분까지는 생각하지 않았다. 그래도 될 정도로 모든 것이 처음이었고 일을 성공시킨 데에 따른 성취욕이 남달랐기 때문이다.

그러나 시간이 지날수록 개인적인 욕망은 분출되기 마련이었다.

대진이 인정했다.

"공사님의 지적대로 언젠가 문제가 되겠네요."

"그래. 지금의 우리들은 사명 의식이 앞서서 개인의 욕망을 자제하고 있지. 그리고 쓸데없이 사욕을 채우지 않아도 충분한 대우를 받고 있어. 그러나 경제가 발전하고 세분화되면서 여러 문제가 생겨날 수밖에 없어. 그런 상황에서 모든 성과를 공유한다?"

지정석이 고개를 저었다.

"반드시 문제가 생겨날 수밖에 없어. 그러니 이번 일과 같은 투자의 경우 일정 부분은 개인의 성과로 인정해 주는 것이 좋아."

대진은 당사자여서 조심스러웠다.

"동료들이 그 점을 인정해 줄까요?"

지정석이 딱 정리했다.

"개인 비율이 높으면 문제가 되겠지. 하지만 노력한 대가 정도의 성과급이라면 다 찬성할 거야. 그리고 그로 인해 얻게 되는 상승효과는 우리 모두를 훨씬 더 풍요롭게 만들 거야."

대진의 고개가 천천히 끄덕여졌다.

"좋은 말씀입니다. 특히 상승효과를 거둘 수 있다는 지적도 적극 찬성하고요."

"그럼, 동기부여가 확실하면 지금보다 훨씬 더 많은 성과를 얻을 수 있어. 나는 이 후작과 같은 경우의 성과라면 개인의 성과급으로 적어도 30%는 인정해 주어야 한다고 생각해."

생각보다 높은 비율이었다. 그러나 대진은 그에 대해 달리 의견을 내지 않았다.

"알겠습니다. 돌아가면 그 부분을 회의에 부의해 보겠습니다."

"그렇게 하도록 해. 그리고 나도 전신으로 의견을 보내 놓도록 하겠어."

이날 저녁 지정석은 대진의 성공을 축하해 주는 만찬을 열어 주었다. 그 자리에서 두 사람은 개인의 성과급에 대해 많은 의견을 나눴다.

대진은 뉴욕에서 10여 일을 머물렀다. 그러는 동안 미국의 경제와 발전 상황에 대해 다각도로 정보를 수집했다.

그리고 귀환에 올랐다.

귀환하는 길에 시카고에 들렀다.

미국은 콜럼버스의 아메리카 발견 400주년을 기념해 만국박람회를 유치했다. 만국박람회를 이용해 자신들의 국력을 세계에 알리고 싶었기 때문이다.

그렇게 유치된 만국박람회의 개최지로 시카고가 결정되었다. 미국 시민들은 의회가 확실하게 자리 잡은 뉴욕과 필라델피아가 아닌 시카고를 선정하게 된 사실에 놀랐다.

시카고에서 영향력이 높은 사람들이 합심해 박람회 유치를 추진한 결과였다. 만국박람회를 유치한 시카고는 1890년 초부터 전 세계로 초대장을 발송했다.

대한제국은 이 초대에 즉각 응했다. 그러고는 전담 부서를 만들어 박람회 참가를 지원하고 있었다.

대진이 시카고의 만국박람회장을 찾은 이유가 있었다. 이 시대에 물건을 홍보하려면 입소문이나 영업사원들의 발품이 절대적이었다.

이러한 홍보 방식은 시간도 많이 들고 인력도 상당히 필요로 한다. 이번에 합작한 아메리카모터스의 제품을 홍보하려면 이 방식을 답습해야 한다.

그런데 획기적인 홍보 수단이 생겼다.

수단은 바로 만국박람회였다.

만국박람회가 개최되면 미 전역은 물론 해외에서도 수많은 인파가 몰린다. 대한제국은 기록에서 시카고만국박람회에 2,700만 명의 인파가 몰렸다는 사실을 찾아냈다.

그래서 처음부터 박람회사무국과 긴밀히 교류하면서 최고의 자리를 배정받았다. 시카고박람회 사무국도 대한제국을 최고로 예우했다.

미국에는 골드러시와 철도부설 등으로 청국의 하급 노동자들이 대거 들어와 있었다. 청국인 이민자의 숫자는 상당해서 1860년대 초에는 캘리포니아 인구의 10%나 되었다.

그러다 미국의 불황이 지속되면서 문제가 발생했다. 불황에는 일자리는 줄기 마련인데 청국 이민자들은 저임금도 마다 않고 일을 했다.

그 바람에 미국인에게 청국 이민지들은 눈엣가시가 되어버렸다. 그래서 미국 정치권은 다양한 방법으로 청국인의 미국 이주를 제재했다.

그러다 이주 자체를 금지시켰다.

청나라는 자국민만 이주를 거부한 미국에 상당한 불쾌감을 갖고 있었다. 그런 불쾌감은 결국 시카고박람회 거부로 이어졌다.

덕분에 대한제국의 위상은 높아질 수밖에 없었다.

대진도 박람회를 최대한 활용하려 했다. 그래서 시기를 맞춰 미국을 방문해 자동차 합작을 성공시킨 것이다.

대진의 시카고 방문에 지정석과 공사관 직원 몇 명이 동조했다. 이들은 박람회 문제로 몇 차례 시카고를 방문해서 대진을 자연스럽게 안내했다.

대한제국 전시관은 나라의 위상에 걸맞게 중앙 건물에 자리했다. 박람회 개최가 아직 반년이 넘게 남았음에도 각국은 벌써부터 준비를 하고 있었다.

대진은 본국에서 파견된 사람들을 격려했다. 그러고는 자동차 전시 위치에 특별히 신경 써 주도록 부탁했다.

그렇게 만국박람회장을 둘러본 대진은 다시 귀환에 올랐다.

귀환한 대진은 가장 먼저 황제를 알현해 미국에서의 성과를 보고했다. 그리고 손인석의 자택을 찾아 상황을 보고했다.

"그렇지 않아도 지정석 공사로부터 미국에서의 성과를 보고받았다. 고생이 많았다."

"감사합니다."

"이번에 지 공사의 요청으로 대한투자기금의 운용 방식에 대한 협의가 있었다. 그러면서 개인의 성과에 대한 비율 문제를 논의했었지."

대진이 흠칫했다.

대한투자기금의 운용 방식은 중요한 사안이다. 그런데 자신이 없는 상황에서 그런 협의가 이뤄졌을 줄은 생각지 못했다.

손인석이 사정을 설명했다.

"이번 논의의 대상이 이 후작이야. 아니, 지금도 그렇지만 앞으로도 가장 중요한 당사자가 될 가능성이 높지. 그래서 이 후작이 없을 때 결정하자고 모두가 협의했다."

대진도 이해가 되었다.

"제가 없을 때 결정하는 것이 좋았네요. 제가 있었다면 공정하지 못한다는 말이 나올 수도 있으니 말입니다."

"그렇지. 그래서 모두가 허심탄회하게 의견을 낸 끝에 압도적 찬성으로 결정했지."

이러면서 결정 내용을 정리한 서류를 건넸다. 대진이 그 서류를 넘기다 놀랐다.

"아니, 공작님. 개인 성과급을 이렇게나 높게 책정했습니까?"

대진이 놀라는 모습에 손인석이 웃었다.

"허허허! 왜? 개인 성과급 비율이 너무 높아?"

"그렇습니다. 코카콜라 같은 경우에 취득 지분의 50%를 인정해 준다니요. 이 정도로 높은 비율을 인정해 준다면 부작용이 나타나지 않겠습니까?"

마군이 처음 조선에 왔을 때.

자신들의 거취에 대해 많은 토론을 했다. 그리고 내린 결정이 조선과 자신들의 미래를 위해 개인의 행동은 자제하자는 것이었다.

그 대신 대한그룹의 계열사를 성장시켜 공평한 배당을 받기로 했다. 그리고 대진과 같이 개인 역량을 발휘해 뚜렷한 성과를 얻게 되면 그 부분은 별도의 보상을 해 주기로 했다.

이 결의는 지금까지 철저하게 지켜지고 있었다.

손인석이 고개를 저었다.

"그렇지 않아. 철저하게 규정을 정해서 거기에 맞춰서 적용할 거야. 금액 자체가 큰 지하자원의 경우에는 10%야. 그것도 대한투자기금의 자금을 받아 성공한다면 5%로 줄어들지."

"그 정도만으로도 개인적으로는 엄청난 금액입니다."

"그렇기는 하지. 그러나 그 이하는 효과가 없다는 것이 중론이야. 그리고 일반 회사는 대한투자기금의 자금을 지원받으면 개인 지분을 30%만을 인정하기로 했어. 반면에 코카콜라처럼 본인이 직접 발굴해 본인이 투자하면 50%를 인정하자는 거야."

"그래도 비율이 너무 높은 것 같습니다."

손인석이 싱긋이 웃었다.

"너무 부담 갖지 마. 이번에 마군 총회에서 다양한 의견이 나왔어. 우리 대부분은 군인이어서 명령체계가 분명해서 지금까지 큰 문제가 발생하지 않고 있는 것은 사실이잖아."

대진도 알고 있는 사실이었다.

"그 말씀은 맞습니다."

"하지만 앞으로가 문제야. 10여 년이 지나면 우리 아이들도 본격적인 활동을 하게 되어 있어. 그런 아이들에게 우리처럼 개인이 희생을 기대할 수는 없지 않겠어?"

대진이 고개가 절로 끄덕여졌다.

"그렇기는 합니다."

"지금까지는 부국강병과 산업기반 조성을 위해 모든 역량을 집중해 왔어. 그러기 위해 개인의 희생을 강요한 점도 분명한 사실이지."

"그 부분은 오랫동안 토의하고, 총회를 거쳐서 결의했던 사안이지 않습니까?"

"그랬지. 그러나 언제까지 전체를 위해 개인의 희생을 강요만 할 수는 없다는 것이 중론이야."

대진의 표정이 심각해졌다.

"개인의 성과 비율을 더 높이겠다는 것입니까?"

"그래, 시간을 두고 비율을 높여서 50% 이상으로 만들려고 해. 후손 중에 사업하겠다는 사람이 나오면 그 또한 적극 지원할 예정이야."

"총회의 결정 사항이 알려지면 반향이 상당하겠습니다."

손인석이 고개를 저었다.

"속단할 수는 없어. 우리의 지식이 제대로 구현되려면 적어도 한 세대 이상이 지나야 하는 문제가 있잖아. 그리고 지식의 벽을 허물려면 개인이 아닌 단체나 국가의 힘이 필요하다는 사실을 우리는 알고 있잖아."

대진이 고개를 끄덕이며 동조했다.

"그렇기는 합니다."

손인석이 말을 이었다.

"동기부여는 상당히 될 거야. 그렇다고 해서 현역이 전역해서 사업에 뛰어들지는 않을 거야. 그 대신 우리 아이들 시대가 되면 많이 달라지겠지. 우리 중에 일찍 결혼한 사람의 아이는 벌써 10대 중반이잖아."

"흐흠!"

대진이 침음하며 고개를 끄덕였다. 그런 대진을 보며 손인석이 환하게 웃었다.

"어쨌든 코카콜라를 발굴한 이 후작에게는 좋은 소식이겠지?"

"그렇기는 합니다. 하지만 코카콜라는 소 뒷발로 쥐 잡은 격으로 정말 우연이었습니다."

"맞는 말이야. 우리도 지금 시대에 코카콜라가 있을 줄은 몰랐으니까. 어쨌든 축하해."

"감사합니다."

"자동차 합작 공장 추진 일정은 어떻게 되는 거야?"

"사전 준비를 연초부터 해 오고 있었습니다. 그래서 나름 상당한 준비가 되어 있고요. 미국 현지에서 공장이 세워지는 일정에 맞춰 기자재가 넘어갈 예정입니다. 아울러 준비단이 현지로 넘어가 협력업체를 선정하는 등의 일정을 소화할 것이고요. 우선적으로 발전소부터 건설해야 하고요."

손인석이 흡족해했다.

"일 처리가 빨라서 좋구나. 다른 나라도 아니고 미국에다 최초의 자동차 공장을 우리가 세운다는 사실이 믿기지가 않

아. 아마도 마군 출신들은 전부 나와 같은 기분일 거야."

"저도 그렇습니다. JP모건은 장차 미국의 금융 황제가 될 사람입니다. 그런 모건과 합작했다는 사실도 기분이 좋습니다."

"나는 철강왕인 카네기나, 아니면 석유왕인 록펠러와 합작할 줄 알았어."

"저도 처음에는 자동차와 밀접한 관련이 있는 두 사람이 제격이라고 생각했습니다. 그러나 카네기는 스코틀랜드에 가 있고 록펠러는 아직 자동차의 미래가치를 모르더군요. 반면에 JP모건은 자동차의 미래가 어느 정도일 거라는 예상을 먼저 하고 있었습니다."

"최고의 투자자답다고 해야겠구나."

"예, 하지만 코카콜라에 대해서는 전혀 감을 잡지 못하였습니다."

손인석이 크게 웃었다.

"하하하! 최고의 투자자도 어쩔 수 없는 부분은 있기 마련이지. 지금의 미국에서 코카콜라가 물보다 더 많이 팔릴 거라고는 누구도 예상하지 못할 거야."

"그렇기는 합니다."

"앞으로도 좋은 투자처가 있는지 잘 살펴보도록 해. 미국도 중요하지만 유럽도 중요하다는 점을 잊지 말고."

"명심하겠습니다."

대화를 마친 대진이 인사를 하고는 손인석의 저택을 나왔다. 그리고 대한무역으로 넘어가 미국 출장 결과를 직원들에게 설명했다.

아메리카모터스는 대한무역이 경영하도록 되어 있었다. 그래서 대한무역도 이제부터는 합작 경영 준비를 본격적으로 해 나가야 한다.

그렇게 모든 업무를 마친 대진이 늦게서야 귀가했다. 두 달이 넘는 출장을 성공적으로 마친 후여서 발걸음은 그 어느 때보다 가벼웠다.

대진은 아메리카모터스 발족에 모든 역량을 쏟아부었다. 그 바람에 몇 개월의 시간이 쏜살같이 흘러갔다.

그렇게 해가 바뀐 3월.

요양역 광장에 많은 인파가 모였다. 이들은 정부 고위인사와 제국 의회 의원들, 그리고 주한 외교관들과 민간에서 선발된 대표들이었다.

땡! 땡! 땡!

종소리와 함께 역내 방송이 나왔다.

―대륙종단철도 개통을 축하해 주시기 위해 황제 폐하 내외분께서 도착하십니다. 모두 정숙해 주시기 바랍니다.

웅성거리던 광장이 일순 조용해졌다.

6장

잠시 후.

몇 대의 승용차가 광장으로 연이어 들어왔다. 그 순간 황
제의 찬가가 울려 퍼지면서 안내 방송이 흘러나왔다.

"배(拜)~."

모두가 고개를 숙였다.

황실어차가 광장 중앙에 멈췄다. 대기하고 있던 황실금위
군이 문을 여니 황제 내외가 차에서 내렸다.

"평신(平身)!"

모두가 자세를 바로 했다.

차에서 내린 황제 내외는 대기하고 있던 내외 귀빈들과 일
일이 악수를 나눴다. 이러는 동안에도 황제의 찬가는 계속해

서 울려 퍼졌다.

대진은 대륙종단철도를 직접 입안하고 러시아와 협상했던 주역이다. 그래서 이날은 러시아의 베베르 공사와 함께 별도로 서 있었다.

인사를 마친 황제 내외가 다가왔다.

"어서 오십시오. 황제 폐하, 황후 폐하."

"하하하! 축하합니다, 이 후작."

"황감하옵니다."

황제가 베베르와도 반갑게 인사했다.

대진이 황제 내외를 선로로 안내했다.

선로에는 황실 전용 객차와 몇 량의 객차가 대기하고 있었다. 개통식이 열리는 만저우리로 올라가는 특별열차였다.

황제는 특별열차의 기관사와 여객전무 등과도 인사를 나누고서 탑승했다. 뒤이어 내외 귀빈들이 특별열차에 탑승했다.

모든 사람의 탑승을 마치자 열차가 천천히 출발했다. 경유 기관차는 증기기관차와 달리 조용히 출발했다.

대진이 황제의 집무실에 앉았다. 이 자리에 베베르 공사와 공사 관계자 몇 명이 동석했다.

황제가 먼저 치하했다.

"모두들 고생이 많았소이다."

"황감하옵니다."

"짐은 이렇게 빨리 대륙종단철도가 부설될 줄은 몰랐소이다. 지금까지 4년의 시간이 걸렸지요?"

대진이 설명했다.

"정확히 만 4년 걸렸습니다. 준비 기간까지 따지면 5년이 옵니다."

베베르 공사가 우리말로 부언했다. 대한제국에 오래 근무하고 있는 그는 우리말에 능통했다.

"이번에 개통한 노선은 1차입니다. 본국의 전용선인 치타에서 태평양까지의 노선 공사를 마치려면 1년여의 시간이 더 필요합니다."

황제가 궁금해했다.

"귀국의 전용 노선 부설은 문제가 없소?"

"지금까지 별다른 사고가 없습니다."

"참으로 다행이오. 철도부설 공사에서 가장 힘들었던 부분이 무엇이었소?"

철도청장이 대답했다.

"아무래도 교량 공사가 가장 힘들었사옵니다. 시베리아의 강들은 수량도 풍부할뿐더러 강폭도 넓고 물살이 거셉니다. 그런 강에 교량을 설치하려니 여간 어려운 것이 아니었습니다. 특히 이르쿠츠크에서 치타를 잇는 노선에 있는 철교 부설이 가장 난공사였습니다."

황제가 위로했다.

"고생이 많았소이다. 짐이 보고를 듣기로 인사 사고도 몇 번 있었다고 하던데요."

"대부분 교량 공사와 봄의 해동기에 발생했사옵니다. 그래도 일본인 노동자들의 숙련도가 높아서 예상보다는 적었사옵니다."

"불행 중 다행이구나."

황제가 베베르 공사를 바라봤다.

"러시아의 모스크바에서 독일의 베를린까지의 철도도 이번에 부설되었다고요?"

베베르 공사가 설명했다.

"모두가 귀국의 도움 덕분입니다. 그 노선은 본래 선제(先帝) 시절 계획되어 있었습니다. 그 당시도 재정이 부족해 프랑스 로스차일드 가문의 자금으로 부설하려 했지요. 그런데 그들이 너무 많은 요구를 하는 바람에 추진이 지연되다 선제께서 갑자기 서거하면서 계획이 중단되었지요."

"그런 안타까운 사연이 있었군요."

"그렇습니다. 로스차일드 가문은 우리가 자신들의 힘을 빌릴 거라는 확신 때문에 조금도 요구 사항을 바꾸지 않았습니다. 그러다 우리가 귀국과 철도부설에 합의하면서 큰 충격에 빠졌고요. 더구나 영국이나 프랑스가 아닌 귀국의 독창적인 기술로 부설한다는 것을 알고는 더 놀랐습니다. 그래서 부랴부랴 계획을 수정해서 협상을 제안했으나 이번에는 우리가 거절을 했지요."

베베르가 대진을 바라봤다.

"이 후작이 관여하고 있는 대한철도가 그들보다 훨씬 좋은 조건으로 제안했기 때문이지요. 그것도 단독이 아닌 합작으로요."

"로스차일드 가문은 단독으로 시공하려 했나 보군요."

"그래야 수익이 훨씬 많아지니까요. 그에 비해 대한철도는 처음부터 합작을 제안했습니다. 대륙철도와 마찬가지로 일정 연한을 공동경영 하자는 제안까지 하면서요."

황제가 대진을 바라봤다.

"이 후작, 짐이 보고받기로 합작 경영 기간을 25년으로 설정했던데요. 그렇게 기한을 정한 이유가 있습니까?"

"투자 금액의 회수는 원리금 분할상환으로 하게 되어 있습니다. 운용 수익에 따른 배당금은 별도로 받게 되어 있고요. 그런 상황에서 투자 금액을 급하게 회수하면 합작 법인 경영에 문제가 발생할 수 있습니다. 그래서 회수 기간을 최대한 늦게 잡아 25년이 되었습니다."

베베르 공사가 나섰다.

"저희가 그렇게 해 달라고 요청했습니다."

황제가 고개를 갸웃했다.

"그래요? 상환기일이 늦어지면 그만큼 이자나 배당수익을 많이 넘겨줘야 하지 않소?"

베베르 공사가 사정을 설명했다.

"대륙종단철도는 귀국도 많이 이용하겠지만 우리 시베리아에는 생명줄이나 마찬가지입니다. 그런 철도를 보다 안정적으로 운용하기 위해서는 합작 법인이 안정적으로 운용되어야 하지 않겠습니까? 그래서 본국의 황제 폐하의 승인을 받아 특별히 요청했습니다."

"귀국 황제도 대륙종단철도에 관심이 많지요?"

"물론입니다. 귀국의 도움 덕분에 우리 러시아는 베를린에서 태평양 끝까지 국토의 대동맥을 부설할 수 있게 되었습니다. 덕분에 국토 개발은 이전보다 훨씬 더 탄력을 받게 될 것이고요. 그런 상황을 알고 있는 본국 황제께서는 한국의 황제 폐하께 진심으로 감사드리고 있습니다."

대진이 거들었다.

"내일 있을 만저우리에서의 개통식에 맞춰 모스크바에서도 철도가 출발할 것입니다. 아울러 제가 모스크바에 도착하면 거기에 맞춰 모스크바와 베를린 간의 열차도 개통식을 거행하게 될 것이고요."

베베르 공사가 적극적으로 설명했다.

"그 구간에는 민스크와 바르샤바를 지납니다. 두 도시는 동유럽의 거점도시이지요. 그래서 시간이 지날수록 철도 이용객은 크게 늘어나게 될 것입니다. 그리되면 수익도 크게 발생할 것이고요."

"그 노선도 합작 기간이 25년이오?"

"그렇습니다. 우리 러시아는 대륙종단노선에서 상대적으로 많은 도움을 받습니다. 그래서 수익성이 높은 베를린-모스크바 노선은 거꾸로 우리가 귀국에 배려해 준 격이 됩니다."

황제가 호탕하게 웃었다.

"하하하! 두 나라가 상부상조하고 있다니 말만 들어도 기분이 좋군요."

황제와 첫 대화를 마친 대진은 자리를 비켜 주었다. 대기하고 있던 내외 귀빈들이 황제를 접견할 수 있게 하기 위함이었다.

요양에서 만저우리까지 부설된 철도노선의 길이가 1,550킬로미터다. 그 노선을 특별열차는 20여 시간을 달려 다음 날 오전 도착했다.

만저우리는 한적한 국경도시다.

그런 만저우리에 수많은 인파가 몰려들었다. 소문을 들은 주변의 몽골족과 철도 노동자, 그리고 일부러 찾아온 지역 주민들이었다.

황제가 열차에서 내리자 대기하고 있던 기자들의 사진기가 동시에 터졌다.

펑! 펑! 펑! 펑!

개통식은 화려했다.

준비 기간까지 포함하면 개통하는 데 5년이 넘게 걸린 공

사였다. 더구나 아시아 대륙을 관통하는 최장의 철도노선이
었다.

그런 철도를 오롯이 대한제국의 기술력으로 부설한 것이
다. 그러한 사실에 참가자들은 하나같이 벅찬 심정을 숨기지
않았다.

황제의 축사도 그런 감정을 숨기지 않았다. 개통식이 끝나
고 환영 연회가 열렸다.

연회는 만저우리역사 대합실에서 개최되었다. 연회가 끝
나고 황제와 대부분의 내외 귀빈은 타고 온 특별열차로 귀환
했다.

대진은 베베르 공사와 만저우리에서 출발하는 특별열차로
장도에 올랐다. 이 여정에 일부 유럽 외교관과 다수의 기자
들이 동행했다.

빵!

경유기관차는 기적으로 출발을 알렸다.

철컹!

기관차의 브레이크가 풀리면서 시베리아종단특별열차가
출발했다.

대진과 베베르 공사가 열차 식당에서 환담을 나누고 있었
다. 이 자리에 대진과 함께 베를린으로 가게 될 독일공사가
배석하고 있었다.

독일공사가 질문했다.

"모스크바까지 얼마나 걸립니까?"

대진이 대답했다.

"만저우리에서 모스크바까지는 대략 6,700킬로미터이지요. 이 열차의 평균 시속이 70킬로미터여서 중간 기착지를 감안해도 닷새면 도착한답니다."

"아아! 놀랍군요. 6,700킬로미터를 닷새 만에 주파하다니요."

베베르 공사가 흡족한 미소를 지으며 거들었다.

"그것도 중간 기착지에서의 휴식시간을 감안한 시간입니다."

"이 열차가 개통되면서 시베리아는 물론이고 우랄산맥 일대가 급속하게 발전하겠군요."

베베르 공사의 대답이 바로 나왔다.

"물론이지요. 이 열차로 인해 시베리아는 물론이고 곡창지대인 우랄산맥 일대로의 소통이 급격히 좋아졌습니다. 지금 유럽의 기차들은 아직도 주력이 증기기관차입니다. 반면에 우리 러시아는 몇 년 동안 전부 경유기관차로 바뀌어서 발전 가능성이 대폭 늘어났지요."

독일공사가 동의했다.

"그렇겠네요. 기차 부설이 늦은 것이 오히려 좋은 결과가 될 가능성이 높겠습니다."

"예, 우리도 이제는 독자적으로 철도를 부설할 수 있는 기술을 습득했습니다. 그래서 앞으로는 거침없이 선로를 확장해 나갈 것입니다."

독일공사가 이의를 제기했다.

"철도부설 기술은 그동안의 노력으로 습득하였겠지요. 하지만 선로를 비롯한 기자재는 러시아가 자체적으로 만들지 못하지 않습니까?"

"기자재는 한국으로부터 수입하면 됩니다."

"한국도 철도부설이 많은데 러시아까지 기자재를 공급할 수 있겠습니까?"

베베르 공사가 대진을 바라봤다.

"제가 알기로 이번에 한국은 요양의 옆에 있는 안산에다 대형 제철소를 추가로 건설하는 것으로 압니다만."

대진이 인정했다.

"맞습니다. 본국의 경제가 발전하면서 철강 수요가 급격히 증대되고 있지요. 그래서 이번에 세 번째로 함경도 청진에 이어 안산에 제철소를 새로 건설하게 되었지요."

대진의 이야기를 들으니 독일공사도 인정하지 않을 수 없었다.

"그렇군요. 그렇다면 문제가 없겠네요."

"앞으로 우리 러시아는 한국과 긴밀한 관계를 유지해 나갈 것입니다. 필요한 것이 있으면 언제라도 교류할 것이고요."

대진도 화답했다.

"우리 대한제국은 러시아가 도움을 요청하면 언제라도 지원해 드릴 용의가 있습니다. 그리고 시베리아철도가 개통되면서 시작될 시베리아 지역 자원 개발에도 적극 참여할 것이고요."

"귀국의 참여를 우리 러시아는 언제라도 환영합니다."

"하하하! 감사합니다."

대한제국은 국가 미래를 위해 자체 자원 개발을 최대한 자제하고 있었다. 그 대신 해외에서 자원을 적극 개발해 수급할 계획을 갖고 있었다.

그 대상 중 하나가 러시아다.

옛날에 조물주가 두 손에 자원을 들고서 세상에 고르게 뿌리려고 했다고 한다. 그러다 시베리아의 날씨가 너무 추워서 들고 있던 자원을 모조리 떨구어 버렸다고 한다.

이러한 속담이 있을 만큼 시베리아는 자원이 풍부한 지역이다. 그리고 시베리아의 주인인 러시아는 대한제국에 최적의 상대임이 분명했다.

만저우리를 출발한 기관차는 오브강 연안의 새롭게 만든 역에서 마주 오는 열차와 조우했다. 노보시비르스크로 불리는 이 도시는 오브강 철교가 건설됨에 따라 새롭게 만들어졌다.

처음에는 대한제국의 철도기사를 쫓아온 러시아 기술자들이 둥지를 틀었다. 이어서 철교가 부설되면서 러시아 노동자들이 대거 넘어왔다.

　그렇게 철도에 의지해 만들어진 마을은 물자와 사람이 몰려들면서 급속히 발전하고 있었다. 더구나 시베리아 개발을 노리고 많은 사람들이 몰려들면서 철도가 완전히 개통되기도 전에 사람들로 북적였다.

　물론 주변의 옴스크나 이르쿠츠크같이 오래된 도시가 인구는 더 많다. 그러나 역동성만 따지고 보면 시베리아에서 노보시비르스크를 따라잡을 도시는 없다고 해도 과언이 아니었다.

　모스크바를 출발한 열차에는 러시아의 황태자인 니콜라이가 타고 있었다. 대진과 베베르 공사는 황태자가 타고 있는 객차로 다가갔다.

　러시아공사 황인수가 밖으로 나와 기다리고 있었다.

　황인수는 독도경비대장 출신으로 경찰청장에 오래 재임하다 러시아공사가 되었다.

　대진이 먼저 인사했다.

　"반갑습니다, 공사님."

　황인수가 환하게 웃었다.

　"하하하! 어서 오십시오, 후작님."

　두 사람이 반갑게 인사를 나눴다.

　이어서 베베르 공사와도 인사를 나누고 열차에 올랐다. 열차에서는 니콜라이 황태자가 기다리고 있었다.

베베르 공사가 먼저 인사했다.

"러시아 미래의 태양을 뵙습니다."

니콜라이 황태자가 손을 내밀었다.

"어서 오시오."

두 사람이 악수하는 모습을 지켜보던 대진이 나섰다.

"처음 뵙겠습니다. 대한제국 후작이며 황실고문인 이대진
이라고 합니다."

니콜라이 황태자가 환하게 웃었다. 그리고 어색하지만 또
박또박한 영어로 인사를 했다.

"반갑습니다. 러시아의 황태자 니콜라이 알렉산드로비치
로마노프입니다."

러시아 사람치고는 의외로 작은 니콜라이 황태자였다. 대
진은 그런 황태자의 손을 정중히 잡았다.

니콜라이가 아는 척을 했다.

"그렇지 않아도 이 후작에 관한 말씀을 많이 들었습니다.
세계 각국을 다니면서 한국의 국익을 위해 많은 활동을 한다
고요."

대진은 이번만큼은 겸양하지 않았다.

"우리 대한제국은 신흥국으로 급부상하고 있습니다. 해외
에서의 활동은 그런 나라를 위하는 일이어서 최선을 다하고
있습니다. 다행히 그러한 노력들이 좋은 결실을 맺고 있지요."

"좋은 말씀입니다. 그런데 귀국은 영국과도 긴밀한 관계

를 유지하고 있지요?"

미묘한 질문이었다.

니콜라이 황태자가 국제 관계를 잘 알고 있었다면 이런 식의 질문은 하지 않았을 것이다. 그러나 아직 제대로 된 황제 교육을 받지 못한 황태자로서는 이 정도의 질문이 최선이었다.

대진이 그 점을 은근히 지적했다.

"황태자께서는 아직 국제 관계에 대한 조언을 받지 않으셨나 봅니다."

러시아의 황제인 알렉산드르 3세는 너무도 건강했다. 그래서 황태자에게 통치에 관한 교육을 30살이 되는 해부터 가르칠 계획을 갖고 있었다.

그 바람에 니콜라이는 25살이 되었음에도 국제 정세에 대해서는 잘 몰랐다. 그러나 눈치가 없는 것은 아니었기에 어색한 표정을 지었다.

"제가 질문을 잘못했나 보군요."

"아닙니다. 국제 정세는 많은 경험을 해야 알 수 있는 경우가 많습니다. 그런 국제 관계는 오늘의 동맹이 내일의 적이 되는 경우가 비일비재합니다. 우리가 영국과 가까워진 것은 일본을 경계하면서부터이지요."

대진은 한일전쟁 당시 영국과 일본의 상황 등에 대해 설명했다.

"……그래서 영국과 가까워졌던 것입니다."

"그런 이해관계가 있었군요."

"그렇습니다. 그러나 영국은 우리가 러시아와 가까워지자 그것에 불만을 느끼고는 다시 일본과 가까워지고 있지요. 그에 반해 러시아와는 지금까지 한 번도 반목을 한 적이 없습니다."

대진이 베베르 공사를 바라봤다.

"우리 양국이 지금처럼 가까워지게 된 데에는 베베르 공사의 노력이 컸습니다."

니콜라이 황태자가 흡족해했다.

"귀국과의 협상으로 본국의 숙원인 부동항을 얻게 되었다는 말은 들었습니다. 앞으로도 공사께서 많은 수고를 해 주시기 바랍니다."

베베르 공사가 고개를 숙였다.

"최선을 다하겠습니다."

두 사람은 다양한 주제로 많은 대화를 나눴다. 대진은 장차 러시아의 차르가 될 니콜라이를 위해 국제 정세를 비롯해 많은 조언을 해 주었다.

그런 조언 중에는 국민들에 대한 내용도 들어 있었다. 대진의 조언을 들은 니콜라이가 고개를 갸웃했다.

"나라의 주인은 차르이고 황실입니다. 그런데 국민들을 하늘처럼 떠받들어야 하다니요."

"나라가 안정되고 부강해지려면 국민들이 황실을 믿고 존

경해야 합니다. 그래야 국난도 슬기롭게 대처할 수가 있지요. 그런데 황실이 국민을 위하지 않는다면 누가 나라를 위해 목숨을 버리겠습니까?"

"으음!"

니콜라이의 표정이 심각해졌다.

러시아 국민은 대부분 농노 출신이다.

그 바람에 어느 나라보다 압박을 많이 받아 왔다. 그런 압박이 전대 차르 시절부터 다양한 형태로 분출되고 있었다.

니콜라이는 그런 민중의 욕구 분출을 단순히 통치에 대한 불만 표출로만 생각하고 있었다. 더구나 그는 국민들의 응집력과 폭발력을 대수롭지 않게 생각하고 있었다.

이런 니콜라이에게 국민을 하늘로 떠받들라는 조언은 받아들이기 어려웠다.

대진도 이 점을 모르지 않았다.

그래서 적절한 조언을 해 주었다.

"황태자 전하께서 훗날 재위에 오르셨을 때 이것 하나만 염두에 두십시오. 그러면 러시아 황실은 영원무궁토록 번성할 것입니다."

"무엇을 염두에 두면 되나요?"

"국민들은 황실 편이라는 사실입니다."

니콜라이가 놀라 눈을 껌뻑거렸다.

베베르 공사가 나서서 반문했다.

"다수의 국민들이 수시로 정부 정책에 반대하는 데모를 합니다. 그런 국민들이 황실 편이라는 말이 이해가 되지 않네요."

대진이 상황을 설명했다.

"일반 국민이 거의 농노였던 러시아의 특수성 때문에 불만 표출이 많을 것입니다. 그러한 불만 표출은 내각이나 잘못된 법체계에 기인한 바가 클 겁니다. 그리고 무엇보다 국민들을 실질적으로 압박하는 귀족들의 영향이 큽니다. 황태자 전하께서 잘 파악해 보시면 지금까지 있었던 민중 봉기 중에서 러시아 황실을 걸고넘어진 적이 없었을 겁니다."

베베르 공사가 반발했다.

"전대 차르께서는 폭탄테러로 서거하셨습니다."

대진이 딱 잘랐다.

"어디에나 극렬분자는 있기 마련입니다. 그런 극렬분자들 때문에 모든 국민을 잠재적 테러분자로 인식하면 안 되지요."

니콜라이의 고개가 처음으로 끄덕여졌다.

"후작님의 말씀이 맞습니다. 모든 국민을 적으로 생각할 수는 없는 일이지요."

"예, 맞는 말씀입니다."

황실에서 귀족들만 상대해 온 니콜라이 황태자는 세상 물정을 거의 모른다. 그러나 아주 어리석지는 않아서 대진의 말을 어느 정도는 이해했다.

니콜라이 황태자가 다짐했다.

"이 후작이 무슨 말씀을 하는지 잘 알겠습니다. 내가 차르가 되었을 때 국민들에 관한 문제가 생긴다면 오늘의 이 대화를 꼭 기억해 보리다."

대진이 고개를 숙였다.

"제 말을 이해해 주어서 감사합니다."

러시아는 러시아정교회를 신봉한다.

그런 러시아에서 차르는 신앙의 수호자로 거의 신과 동격으로 추앙받는다. 그만큼 러시아에서는 누구도 차르의 권위에 도전하지 않는다.

물론 알렉산드르 2세처럼 극렬분자의 테러에 희생된 경우도 있기는 했다. 그러나 그 반동으로 시작된 알렉산드르 3세의 강력한 철권통치를 러시아 국민들은 받아들였다.

그런데 그 뒤를 이은 니콜라이 2세는 너무도 무능했다. 그뿐만 아니라 국민들의 청원을 총칼로 무자비하게 진압해 버렸다.

그 결과 어느 나라보다 굳건했던 러시아 황실이 급격하게 권위를 상실하게 된다. 그렇게 황실의 권위가 무너진 러시아는 얼마 가지 못하고 너무도 허무하게 무너지고 말았다.

대진은 국익을 위해 러시아 황실이 오래도록 존속하기를 바랐다. 그래서 처음 만난 니콜라이 황태자에게 여러 조언을 하게 된 것이다.

하지만 자신의 조언이 쉽게 먹혀들어 가지 않을 거라는 사실을 모르지 않았다. 그럼에도 거듭 조언을 한 까닭은 니콜라이 황태자가 러시아 국민을 진심으로 생각해 주기를 바라서다.

이러한 조언도 국익을 위해서였다.

니콜라이 황태자는 대진과의 면담이 끝난 뒤에도 각국 외교관들과도 간담을 나눴다. 그러고는 잠시 휴식을 취하고는 대한제국을 향해 출발했다.

대진과 베베르 공사는 그런 니콜라이 황태자를 배웅하고는 다시 목적지를 향해 출발했다.

그리고 사흘 후.

기차가 모스크바에 도착했다.

대륙종단철도를 최초로 관통해 온 대진은 모스크바에서 열렬한 환영을 받았다. 그러고는 베베르 공사와 함께 상트페테르부르크로 가는 기차를 탔다.

이 노선은 증기기관차가 운행되고 있었다. 그래서 700여 킬로미터임에도 다음 날이 되어서야 상트페테르부르크에 도착할 수 있었다.

역에는 러시아공사관 직원이 나와 있었다.

"어서 오십시오, 후작님."

"오랜만에 뵙습니다."

대진이 아는 척을 하자 공사관 직원이 환하게 웃었다.

"저를 기억하고 계십니까?"

"물론이지요. 이범진(李範晉) 참사관 아닙니까?"

이범진이 대원왕의 최측근 이경하(李景夏)의 아들이다. 이범진은 이전 역사에서 주미공사에 이어 러시아공사로 재임하며 대한제국의 주권을 지키기 위해 많은 노력을 했다.

그러던 중 을사늑약이 체결되고 외교권이 강탈되면서 모든 외교관의 철수 명령이 떨어졌다. 그러나 이범진은 돌아가지 않고 러시아에 남아 대한제국의 국권 회복을 위해 최선을 다했다.

그러던 1907년, 헤이그 밀사를 파견하는 데 주도적 역할을 한다. 그는 자신의 아들인 이위종을 이준·이상설과 동행시킨다.

하지만 아쉽게 이런 노력은 제대로 빛을 보지 못했다. 그래서 이범진은 아들인 이위종에게 거금을 주어서 연해주로 보내 독립운동에 적극 참여하게 했다.

그러나 1910년, 끝내 경술국치를 당하게 된다. 이범진은 이에 통분해 이국땅에서 자결한다.

마군은 이런 이범진의 강직함과 애국심을 높이 샀다. 그래서 그와 인연이 깊었던 러시아에 주재시키면서 러시아 전문가로 육성하고 있었다.

이범진이 고개를 숙였다.

"감사합니다. 후작님을 뵌 지 몇 년이 지났는데 저를 잊지 않으셨네요."

"잊을 수가 없지요. 이 참사관을 추천한 사람이 저인데 어떻게 잊을 수가 있겠습니까?"

이범진이 깜짝 놀랐다.

"그러셨습니까? 저는 그런 일이 있었는지 전혀 몰랐습니다."

"러시아는 우리 대한제국에 아주 중요한 나라이지요. 그래서 이 참사관님과 같이 애국심이 투철하신 분을 중용하자고 외무대신께 건의했지요. 그런 저의 추천을 외무대신이 흔쾌히 받아들이시고는 이 참사관을 러시아 전문가로 만들자는 계획을 갖고 있는 것이고요."

대한제국은 관리들의 전문화를 위해 많은 노력을 하고 있었다. 외교관들도 주재국의 전문가가 될 수 있도록 다양한 정책을 펼치고 있었다.

이범진이 인사했다.

"감사합니다. 후작님께서 추천해 주신 덕분에 러시아에 대해 많은 공부를 하고 있습니다."

"러시아는 본국에 있어서 그 어느 나라보다 중요합니다. 이 참사관께서 그런 러시아의 전문가로 거듭나신다면 우리 국익에 더없이 큰 도움이 될 것입니다."

이범진이 다짐했다.

"후작님의 기대에 부응하기 위해서라도 절차탁마(切磋琢磨)의 심정으로 노력하겠습니다."

"기대하겠습니다."

두 사람이 인사를 끝내자 베베르 공사가 나섰다.

"서두르시지요. 차르께서 겨울궁전에서 후작님을 기다리고 계십니다."

이범진도 몸을 숙였다.

"가시지요. 제가 모시겠습니다."

이들이 역을 나서니 화려하기 그지없는 자동차가 대기하고 있었다. 자동차와 함께 나와 있던 러시아 황실 무관이 설명했다.

"대륙종단철도 부설은 우리 러시아 역사에 거대한 족적을 남긴 사건이지요. 그런 대업을 직접 제안하고 성공을 이끄는 데 결정적 공훈을 세운 후작님을 위해 차르께서 보내 주신 전용차입니다."

대진은 놀랍기도 하고 얼떨떨했다. 러시아 황제가 전용차를 보낼 거라고는 생각지도 못했다.

"아무리 내 공이 크다고 해도 차르께서 전용차를 보내 주실 줄은 몰랐네요."

베베르 공사가 나섰다.

"그만큼 대륙종단철도의 가치를 높게 보신 것이겠지요. 더구나 니콜라이 황태자께서도 지적했듯이 부동항을 얻도록 도움을 주지 않았습니까?"

"그렇기는 해도……."

이범진이 급히 나섰다.

"후작님, 편하게 받아들이시지요. 제가 부임한 이래 차르께서 지금껏 누구에게도 이런 배려를 해 주신 경우는 없었습니다."

베베르도 동조했다.

"맞습니다. 양국의 우호증진에 도움이 되는 일이니 편하게 이용하시지요."

"알겠습니다."

러시아 황제는 겨울이면 상트페테르부르크를 가로지르는 네바 강변의 겨울궁전에서 지낸다. 역에서 이 겨울궁전까지는 별로 멀지 않아서 승용차에 타고 얼마 지나지 않아 도착했다.

궁전 정문에는 10여 명의 화려한 복장의 황실 무관들이 대기해 있었다. 북유럽 사람 특유의 덩치가 큰 무관이 정중하게 차 문을 열어 주었다.

무관이 능숙한 영어로 환대했다.

"어서 오십시오. 겨울궁전에 오신 것을 진심으로 환영합니다."

"고맙습니다."

"차르께서 후작님이 오시기를 기다리고 계십니다. 가시지요, 제가 안내하겠습니다."

"부탁드립니다."

겨울궁전으로 들어선 대진은 로비에서부터 놀랐다. 예카테리나 여제에 의해 건립된 겨울궁전의 내부는 실로 화려했다.

특히 유럽 각지에서 수집된 다양한 미술품은 궁전의 격조를 한층 높여 주었다. 대진은 황실 무관의 안내를 받아 역대 러시아 황제의 초상화로 장식된 복도와 몇 개의 방을 지나 화려한 문의 앞에 섰다.

"이곳입니다."

황실 무관의 손짓에 화려한 문이 열렸다.

"들어가시지요."

"고맙습니다."

겨울궁전의 접견실도 화려했다. 그런 접견실의 중앙에 몸집이 큰 러시아 황제가 서 있었다.

러시아 황제가 먼저 환대했다.

"어서 오시오."

대진이 정중히 모자를 벗고서 인사했다.

"대한제국의 후작이며 황실고문인 이대진이 러시아의 차르를 뵙습니다."

이어서 이범진과 베베르 공사가 차례로 인사를 했다. 알렉산드르 3세는 이범진에게는 끄덕였으며, 베베르 공사에게는 흡족한 미소를 지었다.

"그동안 수고 많았소. 공사 덕분에 우리 러시아는 두 가지 숙원을 풀게 되었어요."

알렉산드르 3세가 말하는 두 가지 숙원은 부동항과 대륙 횡단철도부설이었다.

베베르 공사가 대진을 바라봤다.

"감사합니다, 폐하. 두 가지 사안 모두 여기 있는 이 후작이 있었기에 가능했습니다."

알렉산드르 3세도 인정했다.

"그렇다는 보고는 받았지요. 그래서 짐은 이 후작이 오기만을 학수고대하고 있었지요."

대진이 고개를 숙였다.

"미리라도 연락을 하시지 않고요. 폐하께서 저를 보고 싶어 한다는 말을 들었다면 바다를 돌아서라도 왔을 것입니다."

알렉산드르 3세가 고개를 저었다.

"그러고 싶지 않았습니다. 짐은 기왕이면 대륙횡단철도가 개통되고 난 후 첫 열차를 타고 오는 이 후작을 보고 싶었습니다. 그래야 만남이 더 의미가 깊을 터이니 말입니다."

베베르 공사도 적극 동조했다.

"폐하의 말씀이 맞습니다. 좋은 만남도 때와 장소가 맞아야 더 빛이 나는 법입니다."

알렉산드르 3세가 고마워했다.

"우리는 본래 대륙종단철도 부설을 위한 차관을 도입하려고 프랑스의 로스차일드 가문과 접촉했었지요. 그런데 그들이 과한 조건을 제시하는 바람에 진행을 못 하고 있었고요.

그러던 중 귀국과 인연이 되어 본국의 숙원이 동시에 풀렸습니다. 그뿐만 아니라 모스크바에서 베를린까지의 노선도 이번에 개통하게 되었어요. 이 모든 사안을 이 후작이 주도했다는 사실을 짐은 너무도 잘 알고 있습니다. 짐은 이 후작에게 다시 한번 고마움을 전합니다."

북방의 패자를 자임하고 있는 러시아 황제가 거듭해서 감사를 표했다.

대진이 자세를 바로 했다.

"감사합니다. 이 모두가 폐하께서 용단을 내려 주신 덕분입니다. 만일 폐하께서 영토 교환을 승인해 주지 않았다면 양국의 합작 사업도 요원했을 것입니다."

알렉산드르 3세가 호탕하게 웃었다.

"하하하! 짐이 결단을 내린 것은 맞습니다. 그러나 이 후작이 제안을 하지 않았다면 결단도 당연히 없었겠지요."

"그렇기는 합니다."

"그래서 짐은 부동항 확보와 대륙종단철도 부설에 최고의 공을 세운 이 후작과 베베르 공사에게 훈장을 수여하려고 합니다."

대진이 깜짝 놀랐다.

"외신에게 훈장을 수여해 주신다고요?"

"그렇습니다."

알렉산드르 3세가 손짓을 했다.

대기하고 있는 황실 시위장이 시종과 함께 황제의 옆으로 다가왔다. 황실 시종의 손에는 고급 가죽으로 만든 2개의 상자가 들려 있었다.

시위장이 상자를 열었다.

"이 훈장은 우리 러시아에서 최고인 '먼저 부르심을 받은 사도 성 안드레이 제정 훈장'으로, 줄여서 사도 성 안드레이 훈장이라고 합니다."

대진은 깜짝 놀랐다.

훈장을 준다기에 적당한 등급을 주는 거라고 생각했다. 그런데 생각지도 않은 최고 등급이라는 시종장의 설명에 놀라지 않을 수가 없었다.

대진의 모습을 본 황제가 웃었다.

"하하! 짐이 성 안드레이 훈장을 외국인에게 서훈한 경우는 이번이 처음이지요. 그만큼 이 후작의 공적이 크다는 의미입니다."

대진으로선 사양할 입장이 아니었다.

"감사합니다."

시종장이 다가섰다.

그리고 파란색 비단으로 만든 대수(大綬)를 들어서 오른쪽 어깨에서 왼쪽으로 늘어뜨렸다. 이어서 황제가 십자가 장식과 러시아 국장인 쌍두독수리 장식이 중앙에 부착된 정장(正章)을 목에 걸어 주었다.

"축하합니다."

대진이 다짐했다.

"차르의 배려로 러시아제국 최고의 훈장을 수여받았습니다. 그런 만큼 앞으로도 양국의 우호증진을 위해 최선을 다하겠습니다."

"기대하겠습니다."

베베르 공사도 훈장을 받았다.

베베르 공사에게는 붉은색 대수와 함께 '알렉산드르 넵스키 훈장'이 수여되었다. 이 훈장은 성 안드레이보다 격은 낮지만 러시아제국에서 가장 먼저 제정된, 전통이 있는 훈장이다.

대진은 알렉산드르 3세와 한동안 대화를 주고받았다. 대화는 시종일관 화기애애하게 진행되었으며 주로 국제 정세와 양국의 현안을 논의했다.

알렉산드르 3세는 대한제국의 실상을 의외로 많이 알고 있었다. 자동차를 비롯한 각종 신제품에 대해서도 지극한 관심을 보였다.

그러면서 대륙종단철도 개통으로 양국의 교류가 확대됨에 큰 기대를 갖고 있었다.

대진이 대화의 말미에 요청했다.

"폐하! 기회가 되면 꼭 우리 대한제국을 방문해 주셨으면 합니다. 우리 황제께서도 폐하의 방한을 기대하고 계실 것입니다."

알렉산드르 3세가 선선히 동조했다.

"당장은 시간을 내기가 어렵습니다. 그러나 귀국의 발전 상황을 직접 보고 싶으니 마음에 두고 있겠습니다. 대륙종단 철도를 타면 귀국의 수도까지 얼마나 걸리지요?"

"상트페테르부르크에서 본국의 수도인 요양까지 가려면 엿새 정도 걸립니다."

알렉산드르 3세가 탄성을 터트렸다.

"아아! 이전이었다면 몇 달 걸렸을 텐데 불과 엿새라니. 알겠소이다. 짐이 꼭 시간을 내 보리다."

"폐하께서 방문하시면 양국의 우의는 더없이 좋아질 것입니다."

이 인사를 끝으로 대담을 마쳤다.

대진은 러시아 황제에게 정중히 인사를 하고는 겨울궁전에서 나왔다. 그리고 대한제국공사관에서 하룻밤을 보내고는 다시 베베르 공사를 만나 기차를 타고 모스크바로 넘어왔다.

모스크바 역은 인파로 붐볐다.

"환영인파가 의외로 많네요."

베베르 공사가 의미를 부여했다.

"오늘 개통식이 열리는 베를린까지의 노선은 역사적 의미가 큰 노선이기 때문이지요. 이 노선이 개통되면서 이베리아반도 끝인 포르투갈에서 유럽을 관통해 태평양까지 나갈 수 있게 되었지 않습니까?"

"그렇군요. 각국의 철도노선을 연결하면 그렇게 되겠어요."

"로스차일드 가문이 대륙종단노선보다 이 노선에 눈독을 많이 들였지요. 그들이 이 노선만 확보하게 되면 유럽 철도 장악의 한 획을 긋게 되는 일이니까요. 더 중요한 사실은 다른 어느 노선보다 황금 노선이라는 거지요."

대진도 인정했다.

"맞습니다. 바르샤바와 민스크를 경유하는 노선은 동유럽 최고의 노선이 분명하지요."

"더 중요한 사실은 차르께서 구원(舊怨)을 털어 버리고 국익을 먼저 생각하셨다는 것입니다."

"구원이라면 어디를 말하는 겁니까?"

"차르께서는 급격하게 성장하고 있는 독일과 빌헬름 2세를 아주 싫어하십니다. 그래서 독일을 경계하기 위해 프랑스와 동맹을 체결하였지요. 아울러 프랑스 로스차일드 가문의 도움을 받으려고도 했고요. 그러던 차르께서는 저의 보고를 받고는 고심 끝에 귀국의 제안을 받아들이셨지요. 그러면서 대승적으로 베를린까지의 철도노선 부설도 승인해 주셨고요."

대진도 대강의 사정은 알고 있었다.

"저희도 놀랐습니다. 차르께서 철도노선 건설을 바르샤바까지는 승인하실 줄 알았습니다. 그런데 독일의 베를린까지 허용해 주실 줄은 솔직히 몰랐습니다."

"그러게 말입니다."

"어쨌든 철도노선이 연결되면서 독일과의 관계도 이전보다 많이 개선되지 않겠습니까?"

베베르 공사가 고개를 갸웃했다.

"솔직히 장담하기 어렵습니다. 독일 황제인 빌헬름 2세는 팽창정책을 신봉하지요. 더구나 비스마르크가 실각한 이후부터 독일에서 그를 제어할 만한 사람이 없는 것이 문제입니다. 그런 독일을 우리 러시아로서는 경계할 수밖에 없고요."

빌헬름 2세는 비스마르크의 실각 이후 팽창정책에 몰두했다. 그러나 아프리카를 비롯한 대부분의 지역은 이미 유럽 각국의 차지가 되어 있었다.

그 바람에 아직까지 제대로 된 성과를 거두지 못하고 있었다. 이런 독일의 움직임을 유럽 각국은 불안하게 바라보고 있었다.

대진이 지적했다.

"독일의 팽창정책이 문제이기는 하지요. 그렇다고 해서 쉽게 전쟁이 일어나겠습니까?"

베베르 공사도 동조했다.

"그렇겠지요. 독일이 급성장을 하고는 있지만 유럽 전부를 상대하기에는 무리가 있지요. 하지만 이런 상태가 지속된다면 문제가 발생하지 않는 것이 오히려 이상한 상황이 됩니다. 더구나 같은 게르만 민족국가인 오스트리아·헝가리제국과 동맹을 맺고 있는 것도 문제이고요."

대진이 고개를 끄덕였다.

베베르 공사의 지적대로 독일의 팽창정책은 끝내 세계대전으로까지 비화하게 된다. 그러나 그렇게 되기까지 아직은 시간이 더 필요했다.

베베르 공사가 권했다.

"가시지요. 주빈이신 후작님이 참석하셔야 개통식 행사가 진행됩니다."

"그러시지요."

대진이 힘차게 걸음을 옮겼다.

7장

개통식은 성대하게 진행되었다.

러시아 황실에서 차르를 대신해 대공(大公)이 참석했다. 독일에서도 독일공사를 비롯한 10여 명의 귀빈들이 참석해 자리를 빛냈다.

개통식에 이어 특별열차가 베를린까지 첫 번째 운행을 한다.

특별열차를 이끄는 기관차는 대한제국이 만든 경유기관차다. 아직까지 유럽은 증기기관차가 주종을 이루고 있었다.

유럽도 경유기관차의 이점을 모르지 않았다. 그럼에도 도입이 늦는 까닭은 유럽 특유의 배타적인 성향 때문이었다.

유럽 중심부를 특별열차가 관통하면 자연스럽게 경유기관차의 우수성이 절로 알려진다. 그래서 대한제국에서는 이번 행사에 상당한 의미가 부여하고 있었다.

행사에 많은 기자들이 참여했다.

모스크바에서 베를린까지 1,800여 킬로미터의 거리는 유럽의 노선으로는 최장거리다. 기자들에게 그런 철도노선 개통도 중요하지만 경유기관차도 중요한 기삿거리였다.

덕분에 취재 열기는 높았다.

기자들은 먼저 대한제국의 철도 관계자들에게 몰렸다. 그리고 대한제국이 철도 기술로 노선 공사를 했다는 사실에 놀랐다.

더구나 러시아와 합작해 철도를 경영한다는 사실에도 크게 주목했다. 기자들의 취재는 대한제국을 대표해 참석한 대진에게로 이어졌다.

정보 입수가 빠른 기자들은 대진에 대해 잘 알고 있었다. 그래서 이번 행사는 물론이고 그동안의 행적에 대해 직접 듣고 싶어 했다.

대진은 취재에 성심껏 응해 주었다.

대진은 이런 취재가 대한제국 홍보에 큰 도움이 된다는 사실을 잘 알고 있었다. 그래서 최대한 시간을 할애해 성심껏 응해 주니 취재 분위기도 절로 좋아졌다.

그러다 시간이 되었다.

대진이 정리했다.

"자! 오늘의 만남은 여기서 끝을 내야 할 것 같네요. 지금 열차에 탑승을 하지 못하면 마차를 타고 베를린까지 가야 하는데, 그건 나도 싫지만 여러분들도 싫겠지요?"

"하하하!"

대진의 조크에 기자들이 와락 웃었다.

물론 다음 기차를 타면 문제가 안 된다. 하지만 그런 사실을 구태여 언급할 정도로 기자들의 품격이 낮지는 않았다.

대진이 다음을 기약했다.

"나중에 기회가 되면 좀 더 편안하게 인터뷰를 갖도록 하겠습니다. 그러니 오늘은 아쉽더라도 여기서 마쳐야겠습니다."

대진의 말에 기자 중 한 명이 소리쳤다.

"꼭 그런 기회가 왔으면 좋겠습니다!"

대진이 싱긋이 웃었다.

"이제 유럽에서 우리 대한제국까지 일주일이면 갈 수가 있습니다. 특종이 필요하신 분들에게 그 정도의 거리는 아무것도 아니겠지요? 그러니 누구라도 먼저 신청을 해서 특종을 잡도록 하세요."

또 한 번 웃음이 터졌다.

유럽의 기자들은 대진이 노련하게 취재에 응하는 것을 보고 감탄했다. 그러면서 부드럽게 끝을 맺게 하는 대진의 화술에 좋은 인상을 받았다.

그렇게 취재가 끝났다.

대진은 베베르, 이범진과 특별열차에 올랐다.

그리고 얼마 후 기차가 출발했다.

기차가 출발하자 러시아 주재 독일공사가 대진 일행이 앉은 테이블을 찾았다. 행사 전에 인사를 나누었기에 대진은 편하게 그를 맞았다.

"어서 오십시오."

독일공사가 능숙한 영어로 화답했다.

"귀국 덕분에 좋은 여행을 할 수 있게 되어서 고맙습니다."

"별말씀을 다 하십니다. 귀국이 베를린까지 철도노선 부설을 동의해 준 덕분이지요."

독일공사가 창밖으로 보며 놀라워했다.

"그렇기는 합니다. 그런데 듣던 대로 경유기관차의 속도가 엄청나군요."

"귀국이 운행하는 증기기관차보다 2배 정도의 속도이니 그렇게 느껴지실 겁니다."

"예, 그러네요."

이러는 동안 차가 나왔다.

테이블에 둘러앉은 사람들은 잠깐 동안 차를 마시며 한담을 나눴다. 그러다 독일공사가 먼저 본론으로 넘어갔다.

"귀국과 본국은 여러 부분에서 협조가 잘되고 있는 것으로 압니다. 제가 알기로 20여 년 전 귀국이 본국의 제철 기술을 도입해 갔었지요?"

대진이 인정했다.

"맞습니다. 그 당시 기술을 도입하려고 협상했던 사람이 저였습니다. 그래서 그 부분에 대해서는 누구보다 잘 알고 있지요."

"오! 그렇습니까?"

"공사님의 지적대로 본국과 귀국은 공통적인 부분이 많지요. 본국의 학제도 귀국과 같이 6334제를 운용하지요. 학과에 군사학이 들어 있는 것도 비슷하고요."

대진이 몇 가지 설명을 곁들였다. 그 말을 들으면서 독일공사가 연신 고개를 끄덕였다.

"그렇군요. 후작님의 말씀대로 귀국의 교육체계는 본국과 여러 부분에서 공통점이 많군요."

"그렇지요. 그리고 본국의 제철 기술 확보에 귀국의 도움이 결정적이었지요. 만일 20여 년 전 귀국이 제철 기술을 넘겨주지 않았다면 우리는 몇 년은 더 고생해야 했을 것입니다."

독일공사가 호탕하게 웃었다.

"하하하! 감사한 말씀이군요. 도움은 우리 독일도 많이 받고 있지요. 귀국과 합작하고 있는 벤츠자동차는 유럽에 거의 독점적으로 판매를 하고 있지 않습니까? 저는 벤츠자동차를 볼 때마다 가슴이 벅찹니다."

대진의 예상대로 벤츠자동차는 유럽을 휩쓸고 있었다. 미국도 그렇지만 유럽도 벤츠에 대항할 만한 자동차가 나오지 않았기 때문이다.

벤츠는 최고급 자동차만을 생산해 내면서 유럽의 부유층

을 완전히 사로잡고 있었다. 그러다 보니 벤츠는 신분과 명예의 상징처럼 인식되고 있었다.

베베르 공사도 거들었다.

"유럽에서 벤츠는 신분의 상징이나 마찬가지가 되었습니다. 그래서 각 국가의 왕실은 물론 귀족 가문에서 벤츠를 구입하지 않는 가문이 없을 정도이지요. 심지어 2대 이상의 자동차를 보유한 가문도 꽤 많습니다."

독일공사도 거들었다.

"그뿐만이 아니지요. 부유한 사업가나 관리도 벤츠 구입에 열을 올리고 있을 정도이지요."

대진은 흡족한 미소를 지었다.

"좋은 현상이군요. 과거에는 마차가 신분의 상징이듯이 이제는 자동차가 그것을 대신하고 있다는 말이군요."

"그렇습니다. 왕실이나 최고 명문가에서는 자동차를 특별 주문해서 타고 다닐 정도이지요."

대진이 질문했다.

"이번에 대한자동차에서 버스와 트럭도 새로 출시되는 것은 알고 있습니까?"

독일공사가 깜짝 놀랐다.

"버스와 트럭이 별도로 생산된다는 소문은 유럽에도 많이 돌고 있었습니다. 그 소문대로 이번에 생산되나 보군요."

"예, 그렇습니다. 버스와 트럭은 이번에 개최될 시카고박람회에 첫선을 보이면서 양산에 들어갈 예정입니다."

"아! 그렇다면 대륙종단철도로 수송할 수도 있겠습니다."

대진이 고개를 끄덕였다.

"충분히 가능합니다. 하지만 자동차는 선박으로 대량 수송을 하는 것이 현실적이지요. 그래서 이번에 본국에서 세계 최초로 자동차 전용 운반선을 만들었답니다."

"자동차운반선이라고요?"

"그렇습니다."

대진이 자동차운반선의 구조에 대해 설명했다. 그 말을 들은 독일공사의 눈이 더없이 커졌다.

"대단하군요. 이 시대에 그런 식의 함정이 만들어진다는 말은 금시초문입니다."

베베르 공사도 거들었다.

"맞습니다. 자동차 원조국인 한국이 아니면 감히 상상도 할 수 없는 선박이네요."

대진도 인정했다.

"그렇습니다. 지금 시대에서는 우리 대한제국이 아니면 생각도 할 수 없는 선박이지요."

이 말에 모두가 고개를 끄덕였다.

두 사람 모두 대한제국에 대해 우호적이었다. 그러다 보니 대화가 끝날 때까지 화기애애했다.

열차는 민스크와 바르샤바를 차례로 들렀다. 그때마다 수많은 군중이 운집한 환영식이 거행되었다. 그 바람에 특별열차는 이틀 만에야 베를린에 도착했다.

베를린에 도착한 대진은 공식 축하 사절로 빌헬름 2세를 예방했다. 독일에게도 모스크바까지의 철도 개통은 상당한 의미가 있었다.

더구나 대한제국과 독일은 다른 유럽 국가들보다 인연이 깊었다. 이런 사정을 감안한 빌헬름 2세는 대대적인 환영식을 열어 주었다.

독일제국은 4개의 왕국과 18개의 공국, 3개의 자유시로 구성된 연방 국가다. 영방(領邦)은 국왕과 대공·공작이 각각의 나라를 다스렸다.

그런 독일제국의 지도자들이 모조리 참석한 연회는 성대했다. 밤늦게까지 열린 연회에서 대진은 이들과 많은 대화를 나눴다.

독일의 지도자들은 대한제국의 대해 지대한 관심을 보였다. 이들은 유럽보다 훨씬 늦게 산업화를 시작했음에도 무서운 속도로 유럽을 따라잡고 있는 발전 원동력을 알고 싶어 했다.

그러면서 철도 개통으로 지금보다 많은 교류가 있기를 희망했다. 대한제국으로서도 인적 교류는 바라는 바였기에 대진은 이 제안을 흔쾌히 받아들였다.

그렇게 베를린에서 하루를 보낸 대진은 다시 기차를 타고 파리로 넘어갔다.

프랑스공사 이기운이 반갑게 맞았다.

"어서 오시게."

"그동안 잘 계셨습니까?"

"나야 늘 여전하지."

"다행입니다."

"그나저나 잘되었어. 이전에는 본국을 가려면 두 달 넘는 시간이 걸렸는데 이제는 길게 잡아도 열흘이면 되잖아. 더구나 배를 타는 고생을 하지 않아도 되니 얼마나 마음이 편한지 몰라."

"맞는 말씀입니다. 파리에서도 대륙종단철도에 대해 말이 많습니까?"

이기운이 크게 고개를 끄덕였다.

"물론이지. 이전에도 자동차 등으로 인해 본국에 대한 관심이 많기는 했었지. 그러다 이번의 철도 개통으로 우리 대한제국에 대한 인식이 급격히 상승했지. 그것도 좋은 쪽으로 말이야."

"다행이네요."

이기운이 신문을 건넸다.

"이 후작이 모스크바에서 기자들과 한 인터뷰가 대부분의 신문의 1면을 이틀 동안 장식하고 있을 정도야."

대진은 불어를 모른다. 하지만 신문에 그려진 스케치와 사진을 보면서 자신과 관련된 기사임을 어렵지 않게 짐작할 수 있었다.

　"우리에 대해 좋은 기사가 나오고 있다니 다행이군요. 파리는 로스차일드 가문의 영향력이 막강해서 좋지 않은 여론이 돌지나 않을지 은근히 걱정을 했습니다."

　"로스차일드 가문의 영향력은 실로 막강하지. 직접 은행을 경영하는 것은 물론이고 거의 모든 방면에 투자하고 있으니 말이야. 특히 철도와 같은 기간산업은 더 말할 나위가 없고, 국가를 상대로 차관을 발행할 정도이지."

　"그래서 걱정을 많이 했습니다. 제가 파악한 바로는 우리가 러시아와 철도사업을 합작하기 전에 로스차일드 가문과 차관 협상이 막바지까지 갔었다고 하더군요."

　"그렇지 않아도 그 문제가 가십거리가 되어서 한동안 신문의 지면을 장식했었지. 로스차일드 가문이 손댄 사업 중 처음으로 실패했다면서 말이야. 하지만 우리의 합작 조건이 워낙 좋다는 것이 알려지면서 이내 잠잠해졌지."

　"다행이군요."

　이때였다.

　똑똑!

　공사관 직원이 노크를 하고는 안으로 들어왔다. 그런 그의 손에는 한 장의 편지가 들려 있었다.

이기운이 확인했다.

"무슨 일인가?"

"로쉴드 은행(Banque Rothschild)에서 초대장을 보내왔습니다."

로쉴드는 로스차일드의 프랑스식 발음이었다.

이기운의 눈이 커졌다. 그가 급히 직원의 손에 들린 초대장을 받아서 내용을 확인했다.

그러고는 초대장을 대진에게 건넸다.

"이 후작을 만나 보고 싶다는 초대장이네."

대진이 초대장을 펼쳤다. 초대장은 불어를 모르는 대진을 위해 영어로 되어 있었다.

"제가 온다는 사실을 미리 알고 있었나 봅니다. 제가 도착하자마자 초대장을 보내온 것을 보니 말입니다."

"그러게 말이야. 어떻게 할 텐가?"

대진의 대답이 주저 없이 나왔다.

"만나 보지 않을 이유가 없지요. 오히려 기회가 되면 로스차일드 가문의 사람과 만나 보고 싶었는데 잘되었습니다."

대진의 반응에 이기운이 지시했다.

"내일 오전 10시에 찾아간다고 전해 주게."

"예, 알겠습니다."

"의외이긴 하네요. 로쉴드 은행장이라면 프랑스 로스차일드 가문의 가주인데 그런 사람이 나를 만나고 싶다니 말입니다."

"그만큼 이 후작의 명성이 알려졌다는 의미겠지. 그리고 러시아와의 협상이 깨진 원인이 이 후작이라는 사실을 그도 알고 있다는 것일 터이고."

"그럴 수가 있네요."

"하여튼 좋은 기회이기는 하다. 나도 지금까지 파리에 있으면서 한 번도 만나 본 적이 없어."

"그렇다면 같이 가시지요."

"알겠네."

"그리고 공사님, 우리가 추진하고 있는 예술품 매입은 잘 진행되어 가고 있습니까?"

이기운이 크게 고개를 끄덕였다.

"물론이지. 몇 년 전 빈센트 반 고흐의 그림을 대량으로 매입한 사실은 알고 있지?"

"물론입니다. 공사님의 노력으로 반 고흐의 유작을 전부 구입했다는 말을 들었습니다."

이기운이 고개를 저었다.

"아쉽게도 전부는 아니었지. 사전에 팔려 나가거나 그의 동생이 따로 팔겠다고 챙긴 그림을 제외한 700여 점의 유화와 1,000여 점이 넘는 드로잉을 매입했었지."

"반 고흐의 생전에 팔린 그림이 1점뿐으로 알고 있는데 아니었나 보군요."

이기운이 상황을 설명했다.

"그것은 맞아. 반 고흐의 그림을 소장하고 있던 그의 동생과는 꾸준히 접촉을 했는데 그가 모든 그림을 넘겨주기를 거부했어. 형의 그림 전부가 동양으로 건너가게 되면 자칫 잊힐 수도 있다는 우려를 하면서 말이야."

"아! 나름대로 일리가 있는 말이네요."

"그래. 나도 그 말을 듣고 더 이상 고집을 부리지 않았지. 그래서 100여 점의 유화와 300여 점의 드로잉은 그가 별도로 챙겼다네."

"우리가 익히 알고 있는 해바라기와 같은 그림들은 챙기셨습니까?"

"대부분 챙겼지."

"다행이네요. 그렇지 않아도 그동안 수집한 그림을 전시하기 위해 별도의 미술관을 건설하고 있습니다. 아마도 내년이면 인상파 화가들의 그림만 따로 전시될 수 있을 겁니다."

"당연히 그래야겠지. 그런데 요즘은 인상파 화가들의 그림 가격이 꽤 많이 올랐어. 그래서 이전처럼 무차별 수집이 어려워."

"그래도 미래의 그림 가격에 비하면 아무것도 아니니 꾸준히 매입을 해 주십시오."

"알겠네."

다음 날.

대진이 이기운과 로쉴드 은행에 찾았다.

은행에 도착한 이들은 직원의 안내를 받아 은행장실에 도착했다. 기다리고 있던 콧수염을 기른 노인이 자리에서 일어나 환대했다.

"어서 오십시오. 은행장 알퐁스 자크 드 로스차일드라고 합니다."

대진과 이기운이 각각 자신을 소개했다. 알퐁스 로스차일드가 두 사람과 반갑게 악수를 나누고서 자리를 권했다.

"갑작스러운 초대가 결례가 아닌지 모르겠습니다."

대진이 고개를 저었다.

"아닙니다. 다음 행선지가 미국인데 아직은 시간이 있습니다."

"이 후작께서도 시카고박람회에 참석하려고 하는군요."

"그렇습니다. 이번에 개최되는 시카고박람회에 맞춰 준비해 온 일이 있어서요."

알퐁스 로스차일드가 바로 알아맞혔다.

"귀국에서 새롭게 개발한 자동차를 비롯해 버스와 트럭 때문이군요."

대진은 놀라지 않았다. 그 대신 로스차일드 가문의 정보력에 찬사를 보냈다.

"역시 로스차일드 가문의 정보력은 대단하군요."

"투자가에게 정보는 생명과도 같지요. 그래서 우리 가문은 정보 입수에 늘 많은 투자를 하고 있지요."

"그러시면 이번에 우리가 추진하려는 자동차 사업 방향도 아시겠군요."

알퐁스 로스차일드가 어깨를 으쓱했다.

"잘은 모릅니다. 하지만 미국의 중산층을 겨냥하고 있다는 보고는 받았습니다. 버스와 트럭은 대량 운송 수단이니 그 부분은 예외이고요."

대진이 인정했다.

"은행장님의 말씀대로입니다. 우리 대한자동차는 이전과는 전혀 다른 자동차로 새로운 판매 전략을 수립하였지요. 그런 전략을 가장 확실하고 빠르게 알리기 위해서는 시카고박람회가 가장 좋다는 판단을 하고 있습니다."

알퐁스 로스차일드가 적극 동조했다.

"맞습니다. 유럽에서 열렸던 이전의 박람회 때마다 엄청난 인파가 몰렸지요. 시카고박람회 역시 신대륙 발견 400주년을 기념해서 열리기 때문에 분명 많은 인파가 몰릴 것입니다. 그런데 유럽에서도 같은 방식으로 판매하지 않을 겁니까?"

"시카고박람회가 끝나면 바로 진행을 하려고 합니다."

"유럽은 한 곳에서만 생산할 것입니까?"

대진이 고개를 저었다.

"이번에 개발된 승용차는 벤츠와는 결을 달리하는 물건이지요. 버스와 트럭도 마찬가지고요. 그래서 몇 개 지역으로 나눠서 생산하려고 합니다."

"프랑스에도 별도의 회사를 만드실 계획입니까?"

"그렇게 생각하고 있습니다."

알퐁스 로스차일드가 눈을 빛냈다. 그러고는 기대감을 숨기지 않으며 질문했다.

"혹시 프랑스와 영국에서도 독일처럼 합작하실 계획은 없습니까?"

대진이 고개를 저었다.

"프랑스는 합작을 계획하고 있습니다. 그러나 영국은 적기조례(赤旗條例)가 폐지되지 않는 한 자동차 공장을 설립할 계획이 없습니다."

영국은 1826년 증기기관으로 만든 버스가 상용화되었다. 그런 증기자동차가 폭발적인 성장을 할 즈음에 문제가 발생했다.

바로 마차 사업자들이 강력하게 반발하고 나선 것이다.

영국 정부는 이들의 요구를 받아들여 자동차의 속도를 마차보다 느리게 제한했다. 그뿐만 아니라 붉은 깃발의 기수를 태운 마차를 앞세워 자동차를 운행하게 했다.

이 법률은 두 차례 개정되었으며, 나중에는 마차가 오면 자동차가 서도록 제한까지 가했다.

알퐁스 로스차일드가 동조했다.

"그렇군요. 영국에는 마차 사업자를 보호하기 위한 적기

조례가 있었군요."

그가 대진을 바라봤다.

"우리 은행이 프랑스에 설립될 자동차 회사에 투자하고 싶은데, 가능하겠습니까?"

유럽에서 막강한 영향력을 갖고 있는 로스차일드다. 그런 가문이 투자하면 영업 활동에 큰 도움이 되는 것은 너무도 당연했다.

그럼에도 대진은 슬쩍 선을 그었다.

"당연히 가능은 합니다. 그런데 이번에 세워지는 자동차 회사는 벤츠와 달리 중저가 자동차와 버스와 트럭을 생산하게 됩니다. 그런 시설을 갖추기 위해서는 많은 자금이 필요하지요."

알퐁스 로스차일드가 두말하지 않았다.

"우리가 시설비 전액을 투자하겠습니다. 그러니 그에 따른 지분 비율을 맞춰 주시기만 하면 됩니다."

대진이 JP모건과의 합작에 대해 설명했다. 그러자 알퐁스 로스차일드가 두말하지 않았다.

"우리도 J.S.모건 앤 컴퍼니의 합작 방식에 동의합니다. 아울러 자동차금융에도 적극 투자하겠습니다. 필요하다면 J.S.모건 앤 컴퍼니와 협의를 따로 할 것이고요."

"그렇다면 별문제가 없겠습니다. 그런데 귀 가문이 J.S.모건 앤 컴퍼니에 투자했다는 말이 사실입니까?"

알퐁스 로스차일드가 싱긋이 웃었다.

"우리 가문은 유럽 전역에 흩어져 있지요. 그런 분가 중에는 영국의 분가와 우리 프랑스 분가가 미국에 가장 많은 투자를 하고 있지요. 그런 투자 대상 중에는 J.S.모건 앤 컴퍼니도 포함되어 있고요."

"역시 그렇군요."

"그런데 자동차 회사는 어디어디에 설립하실 예정입니까?"

대진이 설명했다.

"프랑스와 독일에 우선 설립할 예정입니다. 그러다 기회가 되면 이탈리아에도 공장을 설립할 예정이고요."

알퐁스 로스차일드가 눈을 크게 떴다.

"의외의 말씀이군요. 독일에는 벤츠자동차가 있는데도 별도의 회사를 설립한다는 말씀이십니까?"

대진이 사정을 설명했다.

"본래는 벤츠에서 새로운 라인을 만들려고 했었습니다. 그러나 그렇게 되면 벤츠에 대한 위상 제고가 문제가 될 것 같더군요. 그래서 벤츠는 앞으로 명품으로 불리는 최고급 자동차만을 생산할 예정입니다. 그 대신 별도 회사를 설립해 프랑스 · 미국과 같이 범용차를 생산할 것이고요."

"계획이 바뀌었다는 말씀이군요."

"그렇습니다."

"그러면 독일에 설립할 자동차 회사도 합작 파트너가 필요하지 않습니까?”

“그 부분은 벤츠가 있어서 어떻게 할지 고민하는 중입니다.”

“후작님께서는 우리 가문의 본가가 독일의 프랑크푸르트라는 사실을 알고 있습니까?”

“그렇다는 말은 들었습니다.”

알퐁스 로스차일드가 본가의 사정을 설명했다.

“우리 가문은 남자만이 가문을 이어받게 되어 있습니다. 그러나 아쉽게도 본가에는 후계자를 두지 못했습니다. 하지만 프랑크푸르트 은행과 빈 은행을 운영하고 있어서 투자하는 데에는 아무 문제가 없습니다. 괜찮으시다면 그 은행과 연결해 드릴 수도 있습니다.”

대진이 잠깐 고심했다.

로스차일드 가문과 연이어 엮이는 것에 대한 이해득실을 따지기 위해서다. 그러나 지금의 상황에서 그들과 엮이는 것이 결코 손해가 아니라는 판단을 하기까지는 결코 오래 걸리지 않았다.

“로스차일드 은행장님께서 추천해 주신다면 적극 검토해 보겠습니다.”

알퐁스 로스차일드가 환하게 웃었다.

“감사합니다. 합작 조건은 동일하겠지요?”

“그렇습니다. 그러나 할부금융만큼은 J.S.모건 앤 컴퍼니와 협의해야 합니다.”

"당연히 그래야겠지요. 알겠습니다. 두 은행과 협의해서 최선의 결과를 얻어 보겠습니다."

"그렇게 하시지요. 그리고 기왕이면 시카고박람회가 끝나고 나서 일을 추진하도록 하지요."

알퐁스 로스차일드가 의아해했다.

"합작이 결정되면 빨리 추진하는 것이 사업에 도움이 됩니다. 그런데 시카고박람회가 끝날 때까지 기다려야 하는 이유가 있습니까?"

대진이 사정을 설명했다.

"사업이 잘되기 위해서입니다. 시카고박람회는 신대륙 발견 400주년을 기념해 열리는 행사입니다. 그런 만큼 미국 정부에서도 대대적인 투자와 함께 엄청난 홍보를 하고 있습니다. 그리고 유럽에서도 상당한 사람이 관람하러 가지 않겠습니까?"

알퐁스 로스차일드가 동의했다.

"맞는 말씀입니다. 우리 은행에서도 새로운 투자처를 확보하기 위해 특별히 직원을 선발해서 보낼 계획입니다."

"역시 최고의 은행답게 기회를 놓치지 않는군요. 우리 대한자동차는 시카고박람회를 신차 홍보의 장으로 만들려고 합니다."

대진이 계획을 설명했다.

"……그렇게 우리 제품이 시카고박람회에서 홍보되면 유

위대한
항해

럽에서도 상당한 바람을 불러오게 될 것입니다."

알퐁스 로스차일드가 적극 동조했다.

"좋은 생각입니다. 알겠습니다. 그러면 공장 설립은 기본적인 준비만 하고 있다가 박람회가 끝날 즈음에 시작하는 것으로 하지요."

"그렇게 하십시오. 그 중간에 은행장님의 일정에 맞춰 본사에서 협상단을 파견하겠습니다. 공장 위치나 규모는 파견하는 협상단과 심도 있게 논의하시면 됩니다."

"그렇게 하시지요."

알퐁스 로스차일드가 손을 내밀었다.

"좋은 파트너가 되도록 최선을 다하겠습니다."

대진도 그의 손을 잡으며 화답했다.

"저희도 로스차일드 가문과 합작하게 되어 진심으로 기쁘게 생각합니다."

악수를 마친 알퐁스 로스차일드가 의외의 발언을 했다.

"그리고 러시아와 무기 협상은 어떻게 되어 가고 있습니까?"

대진이 어리둥절해했다.

"무기 협상이라니요? 금시초문입니다."

"아! 그러면 러시아와 무기 협상은 하지 않았다는 말씀이십니까?"

"그렇습니다."

"음! 그렇게 되었군요. 우리 가문과 러시아 정부가 차관

문제로 협의했다는 사실은 알고 계시겠지요?"

"그렇다는 말은 들었습니다."

"러시아가 차관을 도입하려는 목적은 철도부설도 있었지만 그들의 구식 무기 체계를 교체하려는 목적도 있었습니다."

대진이 그의 말뜻을 바로 알아들었다.

그가 질문했다.

"은행장님께서는 우리가 러시아에 무기 체계를 제공해 줄 것으로 판단하시는군요?"

"그렇습니다. 귀국이 오스만과의 협상에서 20만 정의 소총과 박격포, 그리고 소총 제작 기술을 넘겨준 것으로 압니다. 그러면서 그 대가로 아라비아 동부 지역을 할양받았고요. 그래서 저는 대륙종단철도 부설과 함께 무기 제작 기술도 넘겨줄 것으로 예상하고 있었습니다. 대가를 따로 받고요."

대진이 고개를 저었다.

"아닙니다. 아직까지는 넘겨주지 않았습니다."

"후작님의 말씀을 살펴보면 언젠가는 넘겨줄 수도 있다는 말씀이군요."

대진이 부인하지 않았다.

"본국과 러시아는 어느 나라보다 가까운 사이지요. 그래서 러시아가 제안을 해 온다면 진지하게 검토할 것입니다. 그리고 본국이 무기 제작 기술을 러시아로 넘겨주면 프랑스에도 도움이 되지 않겠습니까?"

"맞는 말씀입니다. 프랑스와 러시아는 독일의 팽창을 견제하기 위해 동맹을 맺고 있지요. 그래서 러시아의 군사력이 강성해지기를 바라고 있기는 하지요."

"프랑스에서 직접 도와주지 않고요."

알퐁스 로스차일드가 고개를 저었다.

"그렇게 할 수는 없습니다. 만일 그렇게 된다면 독일이 강력하게 반발하게 됩니다. 지금과 같은 상황에서 그런 일이 발생하면 자칫 전쟁으로 비화될 수도 있지요."

"그럴 수도 있군요. 은행장님께서는 우리가 러시아를 도와주기를 바라시는 겁니까?"

"귀국의 군사력이 강력하다고 알고 있습니다. 보유하고 있는 군사무기의 성능도 뛰어나고요. 특히나 개인화기인 소총은 유럽보다 한 세대 앞서 있는 것으로 알고 있습니다."

대진이 다시 놀랐다.

"대단하군요. 그런 정보까지 알고 있을 줄은 몰랐습니다."

"하하하! 귀국은 오스만제국에 유럽이 보유한 소총보다 뛰어난 소총을 넘겨주었습니다. 그런 사실만 제대로 살펴도 그 정도는 쉽게 알 수가 있지요."

알퐁스 로스차일드의 목소리가 은근해졌다.

"우리 가문은 십몇 년 전에 벌어진 귀국과의 해전도 주목하고 있습니다. 당시 해전에서 귀국은 인명피해도 거의 없이 프랑스함대를 모조리 나포한 전력이 있지요. 그 해전을 놓고 보더라도 귀국의 해군력도 결코 유럽에 뒤지지 않을 것입니다. 그래서 프랑스가 추가 도발을 하려는 것을 내가 나서서 강력하게 반대했던 적이 있지요."

대진은 모르는 사실이었다.

"가주께서 프랑스의 추가 도발을 막았었습니까?"

"그렇습니다. 만일 프랑스가 추가 도발을 했어도 거의 똑같은 결과를 초래했을 것으로 판단했기 때문이지요. 그래서 당시 총리에게 더 이상의 전쟁은 안 된다면서 강력하게 반대를 했지요."

"놀랍습니다. 한 나라의 국가정책을 일개 가문이 막았다니요. 그렇다는 말은 귀 가문의 저력이 그만큼 대단하다는 의미겠지요?"

알퐁스 로스차일드가 빙그레 웃었다. 그런 그는 대진의 말을 즉답하지 않고 뭉뚱그려 설명했다.

"조금 전에도 말씀드렸지만 본 가문은 유럽 전역에서 활발한 금융, 투자를 하고 있지요. 그런 분가의 대부분은 해당국가와 긴밀한 관계를 유지하고 있고요. 그러다 보니 알게 모르게 영향력을 끼칠 수밖에 없습니다."

"제가 듣기로 필요한 나라의 전쟁 자금도 지원해 준다고 하던데요."

알퐁스 로스차일드가 어깨를 으쓱했다.

"국가를 상대로 거래하다 보면 그런 경우도 있기는 합니다. 그렇다고 해서 우리 가문이 일부러 전쟁을 부추기지는 않습니다."

대진은 일본이 군사력 증강을 위해 로스차일드 가문을 상대로 대규모 채권을 발행했다는 사실을 알고 있었다. 그러나 그런 사실을 구태여 드러낼 필요가 없었기에 적당히 알퐁스 로스차일드의 주장에 맞장구를 쳐 주었다.

"당연히 그러시겠지요. 그렇지만 전쟁이 벌어지게 되면 투자 이익이 가장 극대화하는 시기 아니겠습니까?"

"맞습니다. 위험이 많은 만큼 수익도 크게 발생하지요. 그리고 우리 가문이 투자해서 손해를 보는 경우는 없답니다."

알퐁스 로스차일드는 은근히 자신이 이끄는 가문의 힘을 드러냈다. 대진은 그런 알퐁스의 의도를 알면서도 적당히 받아넘겼다.

"그만큼 귀 가문의 저력이 대단하다는 의미겠지요."

알퐁스 로스차일드가 크게 웃었다.

"하하하! 좋게 봐주셔서 감사합니다."

면담은 이렇게 웃음으로 마무리되었다.

그와 인사를 나누고 밖으로 나온 이기운이 고개를 저었다.

"명불허전이야. 로스차일드 가주의 위세가 이 정도로 대단할 줄은 몰랐어."

"그럴 만도 하지요. 유럽에서 로스차일드 가문과 맞설 가문이 없다고 해도 과언이 아닙니다. 대부분의 나라와도 이런

저런 연결이 되어 있고요. 그런 가문의 가주이니 위세가 대단한 것은 어쩌면 당연한 일이지요."

"그렇기는 하지. 그런데 로스차일드 가문과의 합작이 문제가 되지는 않겠지?"

"위세가 너무 대단해서 걱정이 되십니까?"

"누가 뭐라고 해도 유럽은 그들의 안마당이잖아. 권모술수에 능한 그들이 돈에 눈이 어두워지면 무슨 짓을 저지를지 모르는 일 아니겠어?"

대진이 장담했다.

"주도권은 우리에게 있습니다. 엔진을 비롯한 주요 부품은 본토에서 들여올 것이고요. 그리고 그들도 황금알을 낳는 거위의 배를 가르는 어리석은 짓을 저지르지는 않을 겁니다."

이기운이 우려를 털어 내려 했다.

"그래, 맞아. 아무리 로스차일드 가문이 대단하다고 해도 계약을 철저하게 하면 문제는 없겠지."

"맞습니다. 동종업계 진출 불가를 비롯해 여러 안전장치를 걸어 두면 됩니다. 그리고 우리의 기술 특허가 워낙 방대하게 되어 있어서 쉽게 피해 나가기 어려운 점도 있습니다. 그러니 너무 걱정하지 않으셔도 됩니다."

대진의 설명을 들은 이기운이 몇 번이고 고개를 끄덕였다.

"이 후작이 알아서 잘하겠지. 하지만 워낙 막강한 가문이니만큼 철저하게 확인해야 할 거야."

"그렇게 하겠습니다."

공사관으로 돌아온 대진은 며칠 동안 휴식을 취했다. 그러고는 일정에 맞춰 기차를 타고 마르세유로 넘어갔다.

마르세유에는 대서양 횡단 여객선이 대기하고 있었다. 시카고박람회에 맞춰 특별 운행되는 여객선이었다.

대진은 비서들과 여객선에 탑승했다. 여객선은 시카고박람회에 참석하려는 승객들로 만원이었다.

화물선을 개조한 여객선은 승객보다 화물수송이 주요 임무였다. 그래서 화물을 선적하느라 사흘 동안 항구에 정박했다 출항했다.

3월 초 요양을 출발한 대진은 한 달여 만에 유럽을 떠났다. 마르세유를 출발한 여객선은 순조롭게 대서양을 가로질러 뉴욕에 도착했다.

뉴욕에 도착한 대진은 대기하고 있던 미국공사관 직원들과 함께 시카고행 기차에 올랐다. 그러고는 박람회가 시작되기 이틀 전에 시카고에 도착할 수 있었다.

시카고에 도착한 대진은 곧바로 박람회장으로 갔다. 박람회장은 몇 달 전에 비해 엄청나게 변해 있었다.

가건물이 대부분이지만 200여 개의 건물과 수십 개의 전시장이 구름처럼 늘어서 있었다. 박람회장은 전시장과 각종 놀이공간이 구비되어 있었다.

대진은 그런 구조물을 둘러보며 중앙 전시장으로 들어갔다. 엄청난 규모의 중앙 전시장에는 10여 개가 넘는 주요 국가의 물품들이 전시되어 있었다.

대진은 각국의 물건들을 차례로 둘러보며 한국관으로 향했다. 한국관 앞에는 10여 명의 사람이 몰려 있었는데, 대진은 그중 한 명을 보고 놀랐다.

"모건 대표님께서 미리 와 계셨습니까?"

JP모건이 대진을 보고는 반색했다.

"오! 이 후작님, 지금 오시는 길입니까?"

"예, 뉴욕에서 이제 막 도착했습니다."

"뉴욕이라면 유럽에서 오신 겁니까?"

"그렇습니다. 대륙종단철도와 모스크바-베를린 노선의 개통식에 참석했다가 대서양을 건넜습니다."

"그러시군요. 그렇지 않아도 두 노선이 성황리에 개통되었다는 신문기사는 읽었습니다. 러시아에서는 최고의 훈장까지 수여받으셨다고요?"

"영광스럽게도 차르께서 수여해 주셨습니다."

모건이 당연한 표정을 지었다.

"대륙종단철도가 그만큼 중요한 노선이라는 의미겠지요. 노선을 종단하는 데 얼마나 걸리지요?"

"본국의 개발한 경유기관차로 계산해도 일주일은 걸립니다."

모건이 휘파람을 불었다.

"휘! 러시아가 넓기는 넓군요. 본국의 대륙종단철도라면 절반이면 가능한데 말입니다."

"그러게 말입니다."

"그런데 파리에서 알퐁스 로스차일드 가주를 만나셨다고요?"

대진이 고개를 저었다.

"은밀한 초대는 아니지만 그렇다고 소문을 내면서 만난 것은 아닙니다. 그럼에도 제가 로스차일드 가주를 만난 것을 알고 계시다니, 모건 대표님의 정보력도 대단하군요."

"다른 사람도 아닌 프랑스의 로스차일드 가주입니다. 그 가문의 설립한 은행장이기도 하고요. 그런 사람의 움직임을 주시하는 일은 너무도 당연하다 할 수 있지요."

"알퐁스 로스차일드 은행장도 J.S.모건 앤 컴퍼니에 대해 관심이 많더군요."

모건은 당연한 표정을 지었다.

"우리 은행의 초창기에 로스차일드 가문이 상당한 금액을 투자했지요. 그래서 알퐁스 로스차일드 가주도 우리에 대한 관심이 많을 겁니다."

"그렇군요."

대진이 파리에서의 협상 내용을 설명했다. 다른 부분은 별 문제가 되지 않았으나 할부금융에 대해서는 침음했다.

"으음! 그런 일이 있었군요."

"J.S.모건 앤 컴퍼니와 합의된 내용이지만 로스차일드 가주가 함께하자는 제안을 거부할 수가 없었습니다."

모건이 고개를 저었다.

"아닙니다. 잘하셨습니다. 유럽에서 로스차일드 가문이 배제하고 일을 할 수는 없지요. 더구나 알퐁스 가주가 직접 부탁한 일을 어떻게 거부하겠습니까? 그 부분은 따로 만나서 별도로 논의하지요."

"그렇게 하겠습니다."

대화를 나누던 대진은 전시되어 있는 자동차와 안내판을 둘러봤다. 각각의 자동차는 미래의 신차 발표회와 같은 형태로 전시되어 있었다.

"보시기에 어떻습니까?"

모건이 격찬을 했다.

"참으로 놀랍습니다. 자동차의 디스플레이가 이런 식으로 될 줄은 몰랐습니다. 귀국의 다른 상품의 전시도 특별하지만 자동차는 비교를 불가할 정도입니다."

그가 손으로 자동차 앞을 가리켰다.

"그리고 저렇게 여성 모델이 자동차를 선전해 주니 시선을 훨씬 끌고 좋네요."

대한자동차의 전시 차량에는 현지에서 특별 채용한 모델들이 차량별로 2명씩 서 있었다. 이들은 관람객들의 편의를 위해 자신들이 소개하는 자동차에 대한 교육을 받고 배치되어 있었다.

대진이 설명했다.

"거의 모든 운전수는 남성입니다. 신차를 구매하는 수요층도 대부분 남성이고요. 그런 구매자들을 대상으로 하는 홍보에 여성 모델을 투입하면 효과를 배가시킬 수가 있지요. 특히 자동차 할부에 관한 설명도 섬세한 여성이 훨씬 잘합니다."

모건이 연신 고개를 끄덕였다.

"맞습니다. 정확한 지적입니다."

두 사람이 대화를 나누고 있는 동안 몇 사람이 다가왔다. 대한제국 전시관 운영을 총괄하는 단장이었다.

"어서 오십시오, 후작님."

"고생이 많습니다. 어떻게, 준비는 잘되어 가고 있나요?"

"예, 다행히 모든 준비를 며칠 전에 끝마쳤습니다. 그래서 지금 보시는 대로 각 부분별로 예행연습을 진행하고 있습니다."

그의 설명대로 전시장에서는 부분별로 이런저런 연습이 진행되고 있었다. JP모건이 그런 모습에 연신 고개를 끄덕이며 감탄했다.

"놀랍군요. 한국의 사전 준비가 이토록 철저할 줄은 몰랐습니다."

단장이 능숙한 영어로 설명했다.

"본국이 최초로 참여한 만국박람회입니다. 당연히 여느 나라보다 준비를 더 철저히 할 수밖에 없지 않겠습니까? 더구나 자동차를 비롯해 새롭게 첫선을 보이는 물건들이 많아 그만큼 준비할 부분도 많지요."

"부디 좋은 결과가 있기를 바랍니다."

"모건 대표님의 기대에 부응하기 위해서라도 꼭 좋은 성과를 거두도록 노력하겠습니다."

단장은 조금의 주저함도 없이 결의를 다졌다. 대진은 그러한 단장의 모습을 흐뭇하게 바라봤다.

모건이 한 곳을 가리켰다.

"저기 저 물건은 무엇입니까?"

단장이 설명했다.

"무선통신기기입니다."

모건이 깜짝 놀랐다.

"무선통신이 상용화되었습니까?"

8장

대진이 설명했다.

"본국은 몇 년 전 무선통신 상용화에 성공했습니다. 그러나 실용적이지 않아서 지난해까지 기술을 가다듬어서 이번에 전시하게 되었지요."

"놀랍군요. 지금까지 무선통신을 상용화한 나라가 없었는데 귀국이 그것을 성공했어요. 특허는 신청했겠지요?"

"물론입니다. 특허는 이미 지난해 미국을 비롯한 세계 각국에 신청했습니다."

모건은 상당한 관심을 보였다. 그러나 자동차에 푹 빠진 그는 관심만을 표명하고는 돌아갔다.

그리고 박람회 개최 당일.

어마어마한 인파가 몰렸다.

대진은 박람회 개최당일 일부러 대한제국 전시관을 지켰다. 관객들의 성향과 자동차에 대한 대중의 관심을 살펴보기 위함이었다.

개회식은 성대하게 열렸다.

개회식에는 클리블랜드 대통령과 미국 정부의 주요 인사가 대거 참여했다. 그렇게 시작된 개회식은 축포가 박람회의 시작을 알리면서 인파가 전시장으로 쏟아져 들어갔다.

관람객들은 중앙관인 화이트시티로 인파가 몰려들었다. 그렇게 입장한 관람객들이 드넓은 전시장을 채우기까지는 오랜 시간이 걸리지 않았다.

입장객들은 각 나라의 전시장을 차례로 둘러보며 이동했다. 그러나 대한제국 전시장에 도착하자 대부분 발걸음을 멈췄다.

여성 모델이 낭랑한 목소리로 설명했다.

"이 자동차는 아메리카모터스에서 생산하게 될 미합중국 최초의 자동차입니다. 가격은 500달러에 불과하며 직장이 확실하고 신용이 좋을 경우 보증금만 내고 나머지 금액은 할부로 상환할 수 있습니다."

설명을 들은 관람객들은 깜짝 놀랐다.

누군가가 소리쳤다.

"정녕 500달러밖에 안 한단 말이오?"

"그렇습니다. 지금 시중에 나와 있는 자동차 가격의 1/4 정도인 500달러가 분명합니다."

또 누군가가 소리쳤다.

"정녕 찻값의 일부만 보증금으로 내고 나머지는 할부로 상환할 수 있단 말씀이오?"

"그렇습니다."

여성 모델이 대강의 방법을 설명했다.

누군가가 다시 소리쳤다.

"신용이 어느 정도여야 할부로 차를 구입할 수 있소?"

여성 모델이 쌓여 있는 전단을 손으로 가리켰다.

"은행에서 정한 기준에 따르면 됩니다. 그리고 이 전단지에 뉴욕의 J.S.모건 앤 컴퍼니를 비롯한 전국의 자동차 할부 취급 은행이 나와 있습니다. 그러니 관심이 있으신 분은 한 부씩 가져가시기 바랍니다."

말이 끝나기가 무섭게 관람객 거의 전부가 몰려들었다.

대기하고 있던 직원들이 재빠르게 전단지를 나눠 주었다. 그럼에도 워낙 많은 사람이 몰리다 보니 줄이 끝도 없이 늘어섰다.

여성 모델이 소리쳤다.

"차 위의 광고판에 해당 지역 은행이 표시되어 있습니다! 그러니 구태여 전단지를 가져가지 않아도 됩니다!"

이 말에 줄을 서 있던 관람객들이 동시에 광고판을 올려다 봤다. 그리고 상당수가 자신의 지역 은행을 외우거나 적고는 대열에서 이탈했다.

승용차보다 적지만 버스와 트럭에도 상당한 관람객이 몰려들었다. 트럭은 개인도 많았으나 버스는 거의 전부 사업가들이었다.

이들은 버스와 트럭의 내구성과 품질을 직접 확인해 보고 싶어 했다. 여성 모델이 이런 경우에도 친절히 설명했다.

"버스와 트럭을 직접 시승해 보고 싶은 분들은 광고판에 적혀 있는 지역으로 가십시오. 그곳에서는 자동차 회사 직원과 기술자가 대기하고 있어서 여러분들의 궁금증을 상세히 풀어 주실 겁니다."

누군가가 소리쳤다.

"버스와 트럭도 할부가 가능합니까?"

"당연히 됩니다. 기업에서 구매할 경우와 개인이 구매할 경우가 다르니 각각 해당 은행에 가셔서 상담받으시기 바랍니다."

"이야! 세상 정말 좋아졌다. 비싼 자동차를 할부로 구입할 수 있게 되다니 말이야."

누군가가 동조했다.

"그러게 말이야. 이거 잘만 하면 목돈을 들이지 않고도 운송 사업을 할 수가 있겠어. 그렇게 되면 목돈을 쥐는 것이 어렵지 않을 거야."

"당연하지. 철도가 못 가는 길은 무수히 많아. 그런 곳에 서는 버스와 트럭이 최고의 운송 수단이 될 수밖에 없어."

"자! 그러면 저기 적혀 있는 곳으로 가서 직접 확인해 보세. 얼마나 많은 짐을 실을 수 있는지, 그리고 얼마나 안전한지 확인해 보자고."

"그래, 가세. 우리같이 운송업을 할 사람들은 다른 전시품은 볼 필요가 없어."

버스와 트럭을 구경하던 여러 사람들이 우르르 전시장을 빠져나갔다. 그뿐만 아니라 승용차를 구매하고 싶은 사람들도 대거 발길을 돌렸다.

이런 상황은 꾸준하게 연출되었다. 그 바람에 대한제국 다음에 있던 나라들은 현격히 줄어든 관람객을 상대해야 했다.

대진은 닷새 동안 박람회장을 나왔다.

그동안 신차 전시장에서는 거의 같은 현상이 반복되고 있었다. 그런 모습을 지켜보면서 대진은 아메리카모터스가 성공할 거라는 확신을 더한층 갖게 되었다.

그리고 엿새째 되는 날.

대진은 뉴욕으로 넘어가 JP모건을 만났다.

"어서 오십시오, 시카고에서 오시는 길입니까?"

"예, 닷새 동안 박람회에서 신차 전시장을 지켜보고 오는 길입니다."

모건이 호탕하게 웃었다.

"하하하! 저도 수시로 박람회 상황을 전화로 보고받고 있습니다. 아메리카모터스의 신차 전시장에 엄청난 인파가 몰리고 있다고요."

대진도 웃으며 화답했다.

"하하! 그렇습니다. 잘될 거라는 예상은 했지만 이 정도의 반응은 예상 밖이었습니다."

"그만큼 우리 미합중국에 자동차 대기 수요가 많았다는 의미 아니겠습니까? 특히나 거의 모든 신문에서 여성 모델을 쓴 것이 관람객의 관심을 폭발적으로 증대시켰다는 반응입니다."

대진이 흐뭇해했다. 그러면서 상황 분석을 해 주었다.

"관람객의 관심을 끌기 위해서는 남과는 다른 특별한 홍보를 해야 하지요. 그래서여성 모델을 전시관에 세운 것이고요. 그런 홍보에 곁들여 저가정책과 지금까지 없었던 할부금융 도입이 폭발적인 시너지 효과를 일으키고 있는 것으로 보입니다."

모건도 동조했다.

"저도 이번 일을 겪으면서 홍보가 얼마나 중요한지 다시금 생각하게 되었습니다. 그래서 적당한 시기를 봐서 신문광고를 대대적으로 하려고 합니다."

"좋은 생각이십니다. 신문에 광고까지 게재하면 홍보 효과는 훨씬 더 증대될 것입니다."

JP모건의 표정이 진중해졌다.

"그래서 말인데, 자동차 생산 속도가 문제가 되지 않을까요? 이대로라면 10만 대로는 수요를 감당하기 어려울 것 같은데요."

대진도 인정했다.

"지금과 같은 인기라면 문제가 예상되기는 합니다."

"후작님께서도 그런 예상을 하시는군요. 그렇다면 조금 이르기는 하지만 증설을 준비하는 게 좋지 않을까요?"

그렇게 말하는 JP모건의 얼굴은 무척 조심스러웠다. 그런데 대진이 고개를 저었다.

"아직은 시기상조라고 생각됩니다."

"아니, 관람객의 반응이 폭발적인 것을 후작님께서도 직접 보지 않으셨습니까? 그런데 시기상조라니요?"

"폭발적인 반응이 있는 것은 분명합니다. 그렇지만 뚜껑은 열어 봐야 합니다. 자동차가 상대적인 저가임에는 분명합니다. 하지만 지금의 인기가 전부 구매로 이어질 수 있을지는 미지수입니다. 그리고 자동차의 인지도 상승을 위해서 어느 정도의 출고 지연은 필요합니다."

모건의 눈이 커졌다.

"일부러 출고 지연을 하겠다는 말씀이십니까?"

"일부러 그럴 필요는 없지요. 하지만 주문량이 많은 것을 빌미로 출고가 지연된다면 자동차의 인기는 오히려 증대될 것입니다."

"으음!"

"그리고 중요한 사실은 금세기 말까지는 우리의 경쟁 상대가 없다는 사실입니다."

이 말에 모건도 적극 동조했다.

"그 말씀은 맞습니다."

"예, 그리고 자동차 구매는 시간이 지날수록 증대될 것입니다. 그러니 처음부터 공장 규모를 너무 키울 필요는 없습니다."

잠시 고심하던 모건이 동조했다.

"알겠습니다. 후작님의 말씀대로 증설은 조금 더 시간을 두고 생각해 봅시다."

"잘 생각하셨습니다."

이날 저녁, JP모건은 대진을 자신이 주최하는 파티에 초대했다. 파티에는 미국의 유명한 금융가들이 대거 참여했다.

모건은 대진을 월가의 금융가들에게 일일이 소개했다.

이미 아메리카모터스 등을 통해 대진의 이름은 미국에 널리 알려져 있었다. 그래서 대부분의 참석자들은 대진과의 만남에 큰 관심을 보였다.

미국의 금융가 중 인종차별주의자도 없지는 않았다.

그러나 모건의 위상 때문에 누구도 대진을 홀대하지 않았다. 더구나 자동차 할부에 관련된 은행도 많았기에 대진의 주변에는 밤새 사람들로 붐볐다.

다음 날.

대진은 JP모건과 함께 기차를 타고 디트로이트로 올라가 자동차 공장 준공식에 참석했다. 미국 최초의 대규모 자동차 공장 준공식이었다.

이 행사에 미국 부통령 리바이 P. 모턴과 국무장관 존 W. 포스터 그리고 미시간주지사와 상하원의원들을 비롯한 정치인들이 대거 참여했다.

시카고와 디트로이트는 오대호에 접해 있다. 그래서인지 시카고박람회에 들렀던 사람들이 몰려들면서 준공식은 입추의 여지가 없었다.

아메리카모터스는 연산 10만 대의 규모로 공장을 설립했다. 거기다 추가 증설을 예상하고 매입한 부지는 넓어서 사람들이 전부 놀랐다.

사람들은 공장 내부를 둘러보며 또 놀랐다.

이 시대의 공장은 어두웠으며 더러운 것이 보통이었다. 그러나 디트로이트의 자동차 공장 내부는 넓고 쾌적했다.

더구나 지금까지 어디에도 없는 컨베이어시스템까지 설치되어 있었다. 그래서 직원들은 서 있고 조립되는 자동차가 움직이는 구조였다.

모턴 부통령이 조립라인을 감탄했다.

"아아! 놀랍군요. 이런 식으로 자동차를 조립 생산할 줄은 몰랐습니다."

대진이 능숙한 영어로 설명했다.

"이러한 생산 시설을 컨베이어시스템이라고 합니다. 컨베이어시스템은 공장노동자들의 숙련도를 쉽게 배가시킬 수가 있지요. 노동자의 숙련도가 높아지면 자동차 생산 시간을 크게 단축시킬 수 있고요."

대진이 컨베이어시스템의 장점을 한동안 설명했다. 모턴 부통령을 비롯한 사람들은 이 설명에 연신 고개를 끄덕이며 놀라워했다.

JP모건도 가세했다.

"모턴 부통령께서도 시카고박람회에서 아메리카모터스의 자동차가 폭발적인 관심을 끌고 있는 사실을 아실 겁니다."

"물론이지요. 신차 전시장에 엄청난 인파가 몰렸다고 하더군요. 그 바람에 질서유지를 위해 경찰까지 동원되었다는 보고를 받았습니다."

JP모건의 목소리가 높아졌다.

"우리 아메리카모터스는 공장 증설을 대대적으로 할 계획을 갖고 있습니다. 그렇게 되면 아메리카모터스는 우리 미합중국을 대표하는 자동차 회사로 우뚝 서게 될 것입니다."

국무장관 포스터도 거들었다.

"지금도 아메리카모터스는 미합중국 최초, 최고의 자동차 회사이지 않습니까?"

"하하하! 그건 그렇습니다만 앞으로 타의 추종을 불허할 정도의 회사로 거듭나도록 만들 것입니다."

"J.S.모건 앤 컴퍼니가 회사의 대주주이니 당연히 그렇게 되겠지요. 앞으로 기대가 큽니다."

여러 사람들이 기대감을 드러냈다. JP모건은 그들의 인사에 대답하며 자신감을 숨기지 않았다.

"감사합니다."

내빈들은 연회장으로 자리를 옮겼다.

JP모건이 주도한 연회는 성대했다. 대진은 뉴욕에서와 마찬가지로 모건과 함께 움직이면서 미국의 권력자는 물론 지역 유지들과 안면을 익혔다.

자동차 준공식 연회의 참가자들은 정치인들이 대부분이었다. 그래서인지 하나같이 대진에게 노골적인 호감을 보였다.

미국은 남북전쟁 이후 공화당이 계속해서 집권해 왔었다. 그러다 민주당으로 정권이 바뀐 것이 클리블랜드 대통령이 당선되면서다.

이 시대 미국의 민주당은 보수적이다.

수십 년 동안 진보적인 공화당이 집권하다 정권이 바뀐 것이다. 그것도 클리블랜드 대통령은 중간에 한 번을 건너뛴

22대와 24대 대통령이 되었다.

그 바람에 새로운 임기가 시작되는 1893년은 정치적으로 상당한 격변기를 보내고 있었다.

JP모건은 공화당을 지지한다.

그것도 대통령 선거가 있을 때마다 막대한 선거자금을 후원할 정도로 열혈 지지자다. 그럼에도 사업을 위해서는 민주당 출신의 모턴 부통령은 물론 포스터 국무장관과도 격의 없이 대화했다.

대진은 그런 모습에 절로 고개가 끄덕여졌다. 이익을 위해서는 적과도 손잡는 금융가의 표본을 보는 것 같았기 때문이다.

자동차 공장 준공식을 마친 대진은 다시 시카고로 넘어갔다. 그렇게 찾아간 박람회장에는 처음처럼 아메리카모터스의 신차 전시장이 가장 붐볐다.

그렇게 시카고박람회를 한 번 더 둘러보는 것을 끝으로 미국 일정을 마무리했다. 일정을 마무리한 대진은 귀국을 서둘렀다.

태평양을 왕복하는 정기여객선의 일정을 맞추기 위해서였다. 시카고에서 곧바로 대륙횡단노선을 타고서 미 대륙을 관통했다.

그렇게 샌프란시스코에 도착한 대진은 대기하고 있던 정기여객선에 무사히 탑승할 수 있었다.

다음 날.

태평양정기여객선이 샌프란시스코를 출발했다. 그렇게 출항한 여객선은 하와이와 일본을 거쳐 부산에 도착했다.

부산에서 기차를 탄 대진은 다음 날 황도에 도착할 수 있었다. 3월에 출발한 여정이 지구를 한 바퀴 돌고는 6월 초가 되어서야 끝이 난 것이다.

아시아 대륙과 미주 대륙을 철도로 종단했다. 대서양과 태평양도 여객선으로 종단한 탓에 피로감은 상당했다.

대진은 곧바로 입궁했다.

그리고 황제에게 그동안의 여정을 상세히 보고했다.

황제는 이미 시카고박람회가 성황 중이라는 보고를 받고 있었다. 그럼에도 대진의 직접 보고를 받고는 크게 기뻐했다.

그렇게 황제에게 보고를 마친 대진은 대한무역으로 넘어갔다.

송도영이 크게 반겼다.

"어서 오십시오, 후작님. 오랫동안 고생이 많으셨습니다."

대진이 웃으며 손을 내밀었다.

"그동안 별일 없었지?"

"예, 자동차 때문에 바쁜 것을 제외하면 큰일은 없었습니다."

"프랑스 로스차일드 가문과의 합작은 어떻게 되었어?"

"그 일은 제가 직접 프랑스로 넘어가서 처리했습니다."

송도영이 협상 결과를 설명했다.

대진이 치하했다.

"잘했어. 알퐁스 로스차일드를 직접 만나 보니 어때?"

"우리가 살았던 시대에도 워낙 음모론이 많은 가문이었지 않습니까? 그래서 상당히 비밀스러울 거라고 생각했는데 그렇지가 않더군요."

"맞아. 본인이 사람 만나는 것을 별로 좋아하지 않은 것뿐이었어. 나도 직접 만나 보니 의외로 소탈하더라고."

"맞습니다. 저와 이야기가 잘 통해서인지 많은 대화를 나누었습니다. 가문이 운영하는 와이너리(Winery)도 안내를 해주면서 좋은 와인도 한 상자나 선물로 받았고요. 후작님께도 선물하라고 따로 한 상자를 주어서 댁으로 보내 놨습니다."

"하하! 많이 가까워졌나 보네. 와인까지 선물을 받고 말이야. 공장은 두 곳 모두 건설하기로 했어?"

"아닙니다. 우선은 프랑스부터 짓기로 했습니다. 독일은 추이를 봐 가면서 건설하고요."

대진이 고개를 갸웃했다.

"로스차일드 은행장을 만났을 때 독일도 바로 추진하고 싶어 했는데 그사이 마음이 변했나?"

송도영이 상황을 설명했다.

"아닙니다. 독일은 제가 시간을 두자고 설득했습니다."

"아니 왜 그런 결정을 했지?"

"대한자동차 본사의 여력이 문제일 것 같아서요. 만일 시카고박람회에서 신차의 인기가 폭발적이라면 곧바로 미국 현지 공장부터 증설해야 하지 않겠습니까?"

"그렇지 않아도 모건 대표가 당장이라도 증설하자는 제안을 해 왔었지."

"역시 그런 일이 있었군요. 저는 유럽보다 미국의 자동차 시장이 훨씬 중요하다고 생각합니다. 그래서 우선은 프랑스 공장을 설립하고서 독일 공장은 유연하게 대처하자고 제안했습니다. 그런 저의 제안을 알퐁스 로스차일드 은행장이 흔쾌히 받아들였고요."

대진도 흔쾌히 동조했다.

"잘했어. 솔직히 미국 현지 상황이 만만치 않아서 걱정이기는 했어. 독일은 다음으로 미룰 수 있다면 오히려 다행이야."

대진이 미국 상황을 설명해 주었다.

송도영이 손뼉까지 치면서 기뻐했다.

"대단하군요. 시카고박람회에서 우리 신차가 선풍적인 인기를 끌고 있다는 기사는 읽었습니다. 그런데 후작님의 설명을 듣고 보니 그 기사는 실상을 제대로 전하지 못한 거로군요. 그렇다면 제가 판단을 제대로 한 것이군요."

"맞아. 미국의 현지 반응으로 봤을 때 공장 증설은 시간문제일 것 같아. 그래서 바로 남포로 내려가 보려고 해."

송도영이 만류했다.

"후작님, 몇 달 동안 지구를 완전히 한 바퀴 돌며 강행군을 하셨잖아요. 그러니 이번에는 며칠 동안 댁에서 푹 쉬셨다가 움직이시지요."

이 말을 들은 대진은 갑자기 피로가 몰려왔다. 그리고 자신이 지난 몇 개월 동안 강행군을 하고 있다는 사실을 새삼 깨달았다.

지난 여정을 떠올리니 한층 더 피로해졌다. 그런 대진의 모습에 송도영이 다시 권했다.

"후작님, 당장 급한 것은 아니지 않습니까? 그러니 남포는 며칠 쉬셨다가 내려가시지요. 쇠도 너무 두드리며 부러진다고 하지 않습니까?"

"몸이 피곤한 것은 사실이야. 하지만 국가 대계를 위해서 이 정도는 참아야지."

"미국에 이어 유럽에도 제대로 된 교두보를 확보했습니다. 이 정도면 자동차 산업을 우리가 장악하는 것은 기정사실입니다. 그러니 며칠 늦는다고 해도 문제가 되지 않습니다."

거듭되는 권유에 대진은 문득 자신이 너무 서두르고 있다는 생각이 들었다. 송도영의 말대로 며칠 쉰다고 해서 달라질 것은 없었다.

대진의 고개가 그제야 끄덕여졌다.

"알겠어. 이틀 쉬고서 내려가도록 하자."

"잘 생각하셨습니다. 대한자동차에는 제가 연락해 놓겠습니다."

회사를 나온 대진은 그대로 퇴근했다. 그러고는 이틀 동안 집에서 푹 쉬고는 사흘째 되는 날 남포로 내려갔다.

대진이 찾은 대한자동차는 여느 때보다 훨씬 활기차 있었다. 그런 회사의 본관 앞에서 진동만이 기다리고 있다가 환대했다.

"어서 오십시오, 후작님."

"오랜만에 뵙습니다."

두 사람은 반갑게 인사를 나누고는 접견실로 들어가서는 바로 본론으로 들어갔다. 대진은 출장 기간 동안 있었던 유럽과 미국의 상황을 설명했다.

진동만이 웃으며 화답했다.

"그렇지 않아도 송 전무로부터 프랑스 합작 공장에 대한 내용은 직접 들었습니다. 시카고박람회의 폭발적인 반응도 현지에 나가 있는 직원로부터 매일 보고받아 알고 있고요. 디트로이트 공장도 문제없이 가동되고 있다고 합니다."

"모든 일이 차질 없이 진행되고 있다니 잘되었네요. 미국의 공장 증설과 프랑스 공장 건설을 동시에 진행할 수 있겠습니까?"

진동만이 자신 있게 대답했다.

"공장 건설은 걱정하지 않아도 됩니다."

"다행입니다. 그러면 엔진을 비롯한 주요 부품의 증산이 문제이겠군요."

"그렇습니다. 그래서 이달 초부터 우리 본사는 물론이고 협력 회사 공장을 대대적으로 확장하는 중입니다."

"그래서 공장이 활기차 있었군요."

"그렇습니다. 인력 충원도 그렇지만 남포공단에 입주해 있는 대부분의 공장이 확장해야 해서 정신들이 없습니다."

"좋은 현상이네요. 이 정도의 분위기라면 제2자동차 공단 설립도 추진해도 되겠습니다."

"당연히 그래야 합니다. 어차피 우리도 중저가 자동차를 생산해야 합니다. 그러기 위해서는 새로운 자동차 공장을 건설해야 하니 거기에 맞춰 공단을 조성하면 될 것입니다."

"알겠습니다. 황도로 올라가는 대로 관계 부서와 협력해서 공단 조성을 추진하지요."

"그렇게 하십시오. 그리고 이륜차도 수요가 상당히 발생할 것 같은데 기왕이면 그 부분도 함께 추진하시면 좋겠습니다. 이륜차는 상대적으로 저가여서 나름대로의 소비층이 형성되지 않겠습니까?"

대진이 두말하지 않았다.

"좋은 말씀입니다. 새로운 공단 설립을 하면서 그 부분도 함께 추진해 보겠습니다."

대진은 진동만의 안내로 완성차 생산 공장을 둘러봤다. 이어서 미국을 보내는 엔진과 주요 부품을 생산하는 공장도 둘러봤다.

자동차 공장은 제품 생산에 정신이 없었다. 특히 미국 공장으로 보낼 엔진과 주요 부품 생산 라인은 엄청난 속도로 물건을 뽑아내고 있었다.

대진은 이때부터 몇 개월간 자동차 관련 업무 때문에 바쁜 나날을 보냈다.

자동차 공단을 조성하기 위해서는 철강의 수급이 원활해야 한다. 그런데 제2자동차 공단을 논의하던 도중 안산(鞍山)에서 철광이 발견되었다.

안산은 요양과 접한 도시다. 그런 안산에 추정 매장량 10억 톤의 초대형 철광산이 발견된 것이다.

초대형 철광산이 발견된 것은 그 일대를 공업지대로 만들 희소식이었다. 공업부는 즉각 안산에 제철소 건설을 결정했다. 그러고는 제2자동차 공단을 영구 일대에 조성하기로 결정했다.

이러는 동안 시카고박람회가 끝났다.

6개월 동안 이어진 박람회에는 3,000만 명을 훨씬 넘기는 엄청난 관람객이 모여들었다. 이렇듯 본래보다 수백만이 더 몰린 까닭은 아메리카모터스의 신차가 결정적 역할을 했기 때문이다.

디트로이트 공장에서 생산된 아메리카모터스 신차는 6월

1일 첫 출하를 했다. 박람회에서의 폭발적 인기는 그대로 판매로 이어졌다.

그 결과 사전 생산해 놓은 수만 대의 생산을 단숨에 소진시켰다. 그뿐만 아니라 수십만 대의 대기 수요가 생겨나게 했다.

그 바람에 생산과 동시에 공장 증설을 할 수밖에 없는 상황이 되었다.

미국에서 시작된 신차에 대한 관심은 그대로 유럽으로 넘어갔다. 그 바람에 프랑스의 공장도 예정보다 빠르게 착공에 들어가지 않을 수가 없었다.

이러한 일을 처리하느라 정신없는 시간을 보내며 연말을 맞았다. 대진은 이날도 남포의 대한자동차 공장을 둘러보고 있었다.

이때 비서가 급하게 달려왔다.

"후작님, 황도에서 급히 올라오시라는 연락이 왔습니다."

"무슨 일이지?"

"자세한 내용은 모릅니다만 일본에서 급한 연락이 왔다고 합니다."

일본이라는 말에 대진이 바로 움직였다.

"알았다, 진 대표님. 오늘은 여기까지 둘러봐야 할 것 같습니다."

진동만도 즉각 권했다.

"후작님을 급히 찾는 것을 보니 일본에서 급한 연락이 왔나 봅니다. 어서 올라가 보시지요."

"예, 그럼 다음에 다시 뵙도록 하지요."

대진이 서둘러 정리하고는 자동차를 타고 역으로 갔다. 그러나 열차 시간표가 맞지 않는 것을 확인하고는 그대로 승용차로 평양까지 넘어갔다.

평양에서는 다행히 부산에서 올라오는 열차 시간을 맞출수 있었다. 그렇게 황도에 도착한 대진은 곧바로 외무부를 찾았다.

외무대신 한상태가 대진을 반겼다.

"어서 오십시오, 후작님. 자동차 문제로 바쁘신 분을 오시게 해서 미안합니다."

"아닙니다. 올 일이 있으면 당연히 와야지요. 그런데 일본에서 무슨 일로 연락이 온 것입니까?"

"특사를 파견한다고 하네요."

대진이 놀랐다.

"특사라니요? 우리와 일본 사이에 무슨 일이 생긴 것입니까?"

한상태가 고개를 저었다.

"양국 간에는 아무 문제도 없습니다."

"그런데 왜 특사를 파견한다는 겁니까?"

"저도 그 점이 궁금해서 일본의 박 공사를 통해 상황 파악을 지시했었습니다. 그렇게 해서 알아본 바에 따르면 일본은 내부 결속을 위해 청국과의 무력 격돌을 염두에 두고 있는 것 같습니다."

대진이 침음했다.

"으음! 기어코 일본이 집결된 힘을 외부로 분출하려고 하는군요."

"그렇습니다. 규슈공화국을 통합할 때부터 예상하고 있었는데 그것이 현실이 되고 있습니다."

그럴 거라는 예상은 하고 있었다.

그런데 그러한 예상이 현실이 되자 절로 착잡해졌다. 그러면서 자신도 모르게 몇 번 고개를 끄덕여졌다.

한상태가 의외의 발언을 했다.

"그나마 다행이라는 생각이 듭니다. 일본이 우리를 대상으로 삼을 생각을 하지 않으니 말입니다."

대진이 미소를 지었다.

"일본이 아무리 달라졌다고 해도 아직은 우리를 상대할 수는 없지요. 아니, 앞으로도 우리 쪽으로는 고개를 돌리지 못하도록 만들어야 합니다."

"맞는 말씀입니다. 어떻게, 특사 파견을 받아들일까요?"

"수상과 국방대신께서는 무슨 말씀을 하시던가요?"

"후작님께 결정의 전권을 맡긴다고 하셨습니다."

"두 분 모두요?"

"그렇습니다."

대진은 고심했으나 이내 결정했다.

"좋습니다. 만나 보도록 하지요."

한상태가 웃었다.

"잘 생각하셨습니다. 저는 일본이 무엇을 구실로 청국과 전쟁을 치를 생각인지가 궁금합니다. 더구나 청국보다 해군력이 뒤지는 일본이 말입니다."

"맞습니다. 그래서 더 만나 보고 싶습니다. 일본이 무슨 계획을 갖고 있는지 말입니다."

"알겠습니다. 후작님의 결정을 일본에 통보하겠습니다."

이 결정은 곧바로 일본에 전달되었다.

일본은 즉각 내각회의를 소집했다. 중요한 회의였던 터라 내각의 대신들 모두 참석했다.

내각총리대신 이토 히로부미가 발언했다.

"한국이 본국의 특사 요청을 받아들였습니다. 그래서 어느 분을 특사로 파견해야 할지 논의해 주셨으면 합니다."

육군대신 오오야마 이와오가 나섰다.

"저는 총리대신께서 직접 나서 주시는 것이 좋다고 생각합니다."

해군대신 사이고 주도가 즉각 반발했다.

"불가합니다. 총리대신께서는 우리 일본 내각을 대표하는 분입니다. 한국과의 협상이 아무리 중요하다 해도 그런 분을 특사로 보낼 수는 없습니다."

이토 히로부미는 조슈 파벌이다. 반면에 사이고 주도는 사쓰마 파벌임에도 이토 히로부미를 치켜세우며 반대했다.

이 말에 모두가 동조했다.

이토 히로부미는 자신이 직접 나서서 협상하고 싶었다. 그러나 대한제국과의 협상이 아무리 중요하다 해도 총리대신이 직접 움직일 수는 없었다.

그래서 묘안을 냈다.

"한국과의 협상은 국운에 관련될 정도로 중요합니다. 그러니 총리의 소임을 잠시 대장대신에게 맡겨 두고 제가 직접 넘어가 보겠습니다."

모든 사람이 깜짝 놀랐다.

대한제국과의 협상이 중요한 것은 맞다. 그렇지만 이토 히로부미가 총리의 자리까지 맡기고 직접 움직일 줄은 몰랐다.

사법대신을 겸직하고 있는 문부대신 요시카와 아키마사 [芳川顕正]가 우려했다.

"꼭 그렇게까지 할 필요가 있습니다. 규슈가 병합되었다고는 해도 아직은 완전히 안돈된 상황이 아닙니다. 이런 시기에 총리께서 자리를 비우시는 것은 문제가 될 수 있습니다."

이토 히로부미가 고개를 저었다.

"길어야 10여 일입니다. 그리고 한국에 양해를 얻어 부산에서 회동을 갖는다면 일정을 더 당길 수도 있습니다."

"그래도 동경을 비우는 것은 마찬가지가 아니겠습니까?"

그때 오오야마 이와오가 찬성하고 나섰다.

"총리 각하의 말씀도 일리가 있습니다. 아무리 국정이 긴박하다 해도 며칠 정도의 여유는 충분히 있습니다. 그러니 한국에 먼저 양해를 구해서 부산에서 회동을 갖도록 추진하시지요."

통일전쟁을 성공적으로 이끌면서 오오야마 이와오의 입김은 한층 세졌다. 그런 그의 발언이 있자 내각회의의 분위기는 급격히 변했다.

이토 히로부미가 결정했다.

"그러면 외상께서는 한국공사를 외무성으로 불러 우리 사정을 말하고 양해를 받도록 합시다."

무쓰 무네미쓰[陸奥 宗光] 외무대신이 대답했다.

"제가 직접 요코하마를 찾아가 한국공사를 만나 보겠습니다."

이토 히로부미가 깜짝 놀랐다.

"외상께서 요코하마까지 다녀오시려고요?"

"사안의 중대성을 보면 우리가 성의를 먼저 보이는 것이 옳다고 생각합니다."

일국의 외상이 타국 공관을 찾는 일은 극히 이례적이었다. 자칫 잘못했다간 국가 위상에 큰 흠집이 생길 수 있는 일이기도 했다.

그럼에도 누구도 그를 만류하지 못했다.

이토 히로부미가 한숨을 내쉬었다.

"후! 나라 사정이 이러하니 외상을 막고 싶어도 그럴 수가 없네요."

무쓰 무네미쓰가 당당히 나섰다.

"국가의 미래를 위해서 조금의 수고로움은 너무도 당연한 일입니다. 그러니 총리 각하께서는 마음에 두지 않으셔도 됩니다."

"잘 부탁드립니다."

이날의 회의는 이렇게 끝났다.

회의를 마친 이토 히로부미는 조금 이른 시각 퇴근했다. 그리고 그가 단골로 찾는 요정을 찾았다.

연락을 받은 요정 마담이 대기하고 있다 몸을 굽혔다.

"어서 오십시오, 각하."

"야마가타 각하는 오셨나?"

"예, 기다리고 계십니다. 소인이 모시겠사옵니다."

"가자."

요정 마담은 종종걸음으로 요정 마당을 가로질렀다. 그리고 이토 히로부미를 정원의 한쪽에 있는 별채로 안내했다.

"수상 각하께서 오셨습니다."

"모셔라."

요정 마담이 깊숙이 고개를 숙였다.

"들어가시지요, 각하."

"험!"

이토 히로부미의 발걸음에 맞춰 문이 스르르 열렸다. 그렇게 들어간 별채에는 야마가타 아리토모가 기다리고 있었다.

"어서 오십시오, 각하."

"오래 기다리셨습니까?"

"아닙니다. 방금 도착했습니다."

이토 히로부미가 자리에 앉자 야마가타 아리토모가 질문했다.

"내각회의는 어떻게 되었습니까?"

이토 히로부미가 회의 결과를 설명했다. 그의 말을 들은 야마가타 아리토모가 이를 부득 갈며 작은 술잔을 단숨에 비웠다.

탁!

"참으로 가슴이 답답합니다. 우리 일본이 언제까지 한국의 눈치를 봐야 하는지 너무도 답답하네요. 더구나 지금처럼 중요한 시기에 각하께서 직접 특사가 되시다니요."

이토 히로부미가 씁쓸해했다.

"안타깝지만 어쩔 수 없는 일입니다. 지금의 우리로서는 한국을 무시하고는 아무 일도 할 수 없습니다. 더구나 우리의 진짜 목적을 위해서는 청국을 반드시 넘어서야 하고요."

답답해하던 야마가타 아리토모의 눈이 빛났다.

"각하의 말씀을 들으니 갑자기 우리의 목적이 머리에 떠오르는군요. 맞습니다. 우리는 청국을 반드시 무릎을 꿇려야 합니다. 그런 뒤 서양 각국과 체결했던 불평등한 외교관계를 깨끗이 청산해야 합니다. 그래야만이 우리의 목적인 탈아입구를 할 수 있습니다."

이토 히로부미도 결의를 다졌다.

"그렇습니다. 그 일을 완수하기 위해 제가 특사를 자청한 것입니다. 우리는 이번에 반드시 청국을 넘어 서양 열국과 동등한 관계가 되어야 합니다. 아울러 청국에 우리만의 조계를 설정해 대륙 공략의 전초기지로 삼아야 하고요."

야마가타 아리토모가 한발 더 나갔다.

"조계만이 아니지요. 청나라가 자랑하는 북양함대를 반드시 격멸해야 합니다. 그리고 산동을 장악해 대륙 진출의 교두보로 삼아야 합니다."

이토 히로부미의 목소리가 높아졌다.

"전초기지와 교두보를 모두 확보해야지요. 그리고 우리의 염원인 서양과의 불평등조약을 해결하기 위해서라며 무엇인들 못 하겠습니까?"

야마가타 아리토모가 잔을 들었다.

"각하의 무운장구를 위해 석 잔의 술을 바치겠습니다."

그러고는 연거푸 잔을 비웠다.

이토 히로부미도 잔을 들었다.

"목숨을 바쳐서라도 한국과의 협상을 성공해 보겠습니다."

그러며 석 잔을 연거푸 마셨다.

이어서 게이샤들이 들어왔다. 두 사람은 이때부터 허리띠를 풀고서 주지육림에 빠져들었다.

다음 날.

일본 외상은 기차를 타고 요코하마의 대한제국공사관을 찾았다. 거기서 이토 히로부미가 특사로 넘어가니 부산에서 협의를 하자며 양해를 구했다.

일본공사 박정양은 즉답을 하지 않았다. 그 대신 일본의 요구를 본국의 보고할 것을 약속하고는 그를 돌려보냈다.

그리고 해가 바뀐 정초.

대진이 부산의 대한호텔 특실에서 일본에서 건너온 이토 히로부미와 마주 앉았다.

두 사람은 몇 번의 만남이 있었기에 반갑게 악수를 나눴다. 그렇게 인사를 주고받고는 대진이 영어로 먼저 말문을 열었다.

"총리께서 직접 넘어오실 줄은 몰랐습니다."

이토 히로부미도 능숙한 영어로 화답했다.

"사안이 중대하다 보니 제가 오게 되었습니다."

대진이 알고 있으면서 확인했다.

"중대한 사안이 무엇입니까?"

이토 히로부미가 잠깐 마음을 다스렸다. 그러던 그가 천천히 상황을 설명했다.

"귀국의 배려로 우리 일본은 규슈를 통일할 수 있었습니다. 그 점에 대해 우선 감사드립니다."

"귀국의 염원을 이루게 된 점을 늦게나마 축하드립니다."

"감사합니다. 그렇게 열도를 재통일한 우리 일본은 한 가지 문제에 봉착하게 되었습니다. 그 점은 다름 아닌 유휴 전력이지요."

대진도 짐작하고 있던 사안이었다. 그럼에도 모르는 척 의아한 표정을 지으며 반문했다.

"군대를 해산하면 되지 않습니까?"

이토 히로부미가 고개를 저었다.

"그게 쉽지 않은 일입니다. 우리 일본은 아직 공업화가 제대로 진행되지 않고 있습니다. 그래서 장병들이 전역하게 되면 전부가 유휴 인력으로 전락하게 됩니다. 그렇게 되면 그들 대부분이 사회를 불안하게 만드는 세력이 되지요."

이토 히로부미의 말에는 조금의 진실과 대부분의 거짓이 섞여 있었다.

일본은 명치유신 이후 급속도로 공업화를 진행하고 있었다. 그러던 중 한일전쟁으로 공업 발전에 결정적 타격을 입기는 했다. 그러나 나름대로 전후 처리에 성공하면서 패전의 상흔을 대부분 지울 수 있었다.

그래서 전역 병사들이 불만 세력이 되는 경우는 거의 없었다. 물론 한꺼번에 쏟아지면 조금의 혼란은 있겠지만 빠른 시일에 수습이 가능했다.

이런 사정을 대진은 잘 알고 있었다.

그러나 이토 히로부미의 주장을 비판할 생각은 없었다. 아니 일본의 본심을 알기 위해서라도 그의 말을 부추길 필요가 있었다.

"그렇군요. 그러면 어떻게 난국을 타개하려고 합니까?"

이토 히로부미가 조심스럽게 말했다.

"밖에서 해결책을 찾으려고 합니다."

대진의 표정이 굳어졌다.

"과거처럼 전쟁으로 내부 결속을 다지려는 겁니까?"

대진의 추궁에 이토 히로부미는 움찔했다. 그러나 이내 표정을 담담히 하며 인정했다.

"그렇습니다."

"상대는 청나라이겠군요."

이토 히로부미는 또 한 번 움찔했다. 그러나 이내 고개를 끄덕이며 거듭 인정했다.

"그렇습니다."

대진이 지적했다.

"내부적인 난국을 외부에서 풀려는 일본의 의도는 이해합니다. 그러나 아무 계기도 없이 전쟁을 치를 수는 없는 일 아닙니까?"

이토 히로부미가 자신 있게 대답했다.

"전쟁의 빌미는 이미 몇 년 전부터 있어 왔습니다. 그때마다 우리는 엄청난 모욕을 받아 왔지요. 그러나 지금까지는 우리 일본의 국력이 약해서 참고 있었던 것이고요."

대진이 고개를 갸웃했다.

"그래요?"

"예, 후작님께서는 청나라 북양함대가 몇 년 전 우리 일본을 모욕한 사건을 알고 있습니까?"

대진의 머릿속이 번쩍했다.

"아! 북양함대가 나가사키에서 일으킨 수병 난동 사건 말씀이지요?"

이토 히로부미가 이를 갈았다.

"으득! 그렇습니다. 청국은 그 당시 우리 일본을 압도하는 해군력을 과시하면서 참을 수 없는 모욕을 주었지요."

"하지만 그 일은 양국이 협의해서 원만해 넘어간 것으로 아는데요?"

이토 히로부미가 고개를 저었다.

"그렇지 않습니다. 청국은 당시 우리 일본의 피해를 묵살했습니다. 그러고는 일방적이라고 할 수 있을 정도의 초라한

금액으로 배상을 하였지요. 그뿐만 아니라 제대로 된 사과와
재발 방지 약속도 하지 않았고요."

　대진의 기억으로는 당시 양국이 원만히 합의했던 것으로
알고 있었다. 그러나 합의는 보는 관점에 따라 얼마든지 일
방적이 될 수도 있었다.

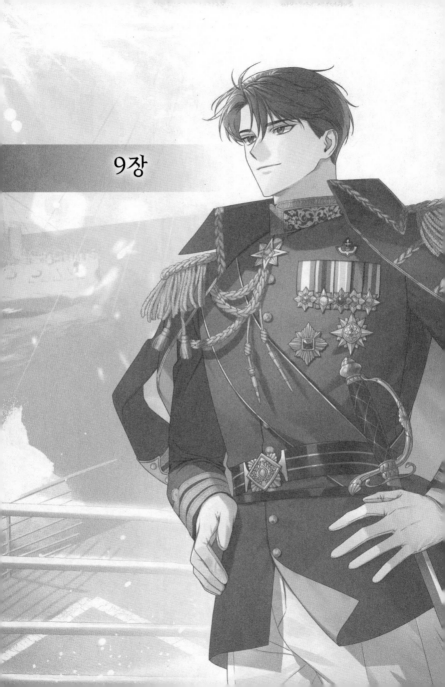

9장

대진이 반문했다.

"으음! 그런 일이 있었습니까?"

"그렇습니다. 그 뒤로도 청나라는 해마다 몇 차례씩 대규모 함대를 몰고 와서 무력시위를 벌이고는 했습니다. 그런 청나라의 오만을 이번 기회에 반드시 꺾어 놓으려고 합니다."

이토 히로부미는 조곤조곤 나름대로의 이유를 밝혔다. 그의 주장이 일리가 있는지 없는지는 대한제국에 중요하지 않았다.

대진이 핵심을 짚었다.

"귀국의 생각을 충분히 알겠습니다. 그런데 귀국이 청나라와 전쟁을 벌이려면 반드시 넘어야 할 산이 하나 있지요.

그것이 무엇인지는 알고 있겠지요?"

"북양함대를 말씀하십니까?"

"그렇습니다. 청나라의 북양함대 전력은 귀국의 해군력을 압도할 정도입니다. 그런 북양함대를 어떻게 상대하려고 합니까?"

이토 히로부미가 주저하다 대답했다.

"우리 일본은 그동안 절치부심하며 청국에 대해 각종 정보를 입수해 왔습니다. 그러다 청나라의 해군에 관해 놀라운 정보를 입수할 수가 있었습니다."

대진이 큰 관심을 보였다.

"무슨 정보입니까?"

"청나라는 지난 1888년 이후 새로운 전함을 도입하지 않았습니다. 그리고 해군에 편성된 대부분의 예산을 다른 곳으로 전용하고 있고요."

"그래요?"

대진이 관심을 보이자 이토 히로부미의 목소리가 더 낮아졌다.

"후작님께서는 청국의 실질적인 주인이 누구인지 잘 아실 것입니다."

"그야 서태후가 아닙니까?"

"그런 서태후가 내년에 환갑입니다."

이 말에 대진의 머릿속이 환해졌다.

"아! 총리께서 무슨 말을 하시는지 알겠습니다."

이토 히로부미가 '역시' 하는 표정이었다. 그런 그를 보며 대진은 자신이 알고 있는 바를 밝혔다.

"지난 1888년 청국 황제가 발표한 이화원 복원 공사와 해군 군자금 전용을 귀국이 알게 된 것이군요."

이토 히로부미가 부인하지 않았다.

"그렇습니다. 청나라는 서구 열강에 맞서기 위해 해군학교를 세운다고 했습니다. 그러나 실상은 그렇게 마련한 예산으로 청의원을 이화원으로 개칭해서 복원하고 있습니다. 그래서 해군에 배정된 군자금의 대부분을 서태후의 환갑이 있는 해인 1894년까지 전용하고 있는 상황입니다."

대진이 고개를 끄덕였다.

"맞습니다. 그런 정보는 우리도 파악하고 있습니다."

"역시 그러셨군요. 그 바람에 청나라 해군은 겉만 화려한 외화내빈의 상황으로 전락하고 말았습니다. 그리고 그런 실상을, 우리는 지난해에 본토에 입항한 북양함대를 보면서 직접 확인할 수 있었지요."

대진이 거듭 고개를 끄덕였다.

"그랬었군요. 귀국이 북양함대의 실상을 직접 확인했군요. 그래서 청국과의 해전에 승리할 것을 확신하고 있군요."

"후작님께 더 무엇을 숨기겠습니까? 그렇습니다. 우리 일본 해군은 청국에 비해 대외적인 전력이 상대적으로 열세인

점은 분명한 사실입니다. 하지만 실질적인 전력을 놓고 봤을 때 절대 지지 않을 자신이 있습니다."

이토 히로부미는 이어서 자신들이 입수한 여러 정황을 설명했다. 대진은 그 말을 들으면서 일본이 상당 기간 준비해 온 것을 알 수 있었다.

"귀국은 청국을 상대하기 위해 오랫동안 준비해 왔군요."

"솔직히 부인하지 않겠습니다. 귀국에 패전한 이후 우리 일본은 많은 고민을 했습니다. 그런 고민 끝에 내린 결론이 청국을 넘지 않으면 결코 대국으로 성장할 수 없다는 결론을 내리게 되었지요."

대진이 슬쩍 질문했다.

"우리 대한제국을 상대할 생각을 하지는 않았고요?"

이토 히로부미가 펄쩍 뛰었다.

"절대 그런 생각은 없었습니다. 그러니 조금의 걱정도 하지 않아도 됩니다."

강한 부정은 긍정이라는 말이 있다. 대진은 이토 히로부미가 강하게 부정하는 모습을 보고는 일본의 본심을 어렵지 않게 짐작할 수 있었다.

그러나 그것을 드러내지는 않았다. 그 대신 일본군의 군사력을 은근히 치켜세워 주었다.

"하긴, 귀국의 육군은 청국보다 막강하기는 하지요. 그래서 청국 해군만 물리친다면 대륙 공략도 결코 꿈은 아니지요."

이토 히로부미의 눈이 커졌다.

"본국의 대륙 진출을, 귀국이 동의해 주시는 겁니까?"

대진이 어깨를 으쓱했다.

"독립국인 귀국의 군사행동을 우리가 제재할 수는 없겠지요. 그렇지만 본국의 국익에 반한다면 문제가 되겠지요."

이토 히로부미가 자리에서 벌떡 일어났다. 그리고 허리를 접으며 다짐했다.

"감사합니다. 우리 일본은 절대 귀국의 국익에 반하는 행동은 하지 않을 것입니다. 그에 관해 어떠한 서약이라도 해 드리겠습니다."

"당연히 그래야겠지요. 그런데 귀국은 청나라의 어디를 공략하려 합니까?"

이토 히로부미가 숨기지 않았다.

"청국 강남을 공략하는 것이 좋기는 합니다. 그러나 그러면 청국 조정이 쉽게 협상하려고 하지 않을 것입니다. 그래서 우리 일본은 북양함대의 모항인 위해위(威海衛)가 있는 산동을 공략하려고 합니다."

"역시 그런 계획을 갖고 있었군요."

이토 히로부미는 어리둥절했다. 대진이 너무도 쉽게 자신들의 계획을 인정하고 있었기 때문이다.

"후작님께서는 우리의 계획을 알고 있었습니까?"

"알고 있지는 않았지요. 하지만 귀국의 특사 파견 이후 귀국이 군사도발을 하면 어디로 할지를 예상했지요."

"아! 후작님은 우리가 청국과의 전쟁을 준비할 거라는 예상을 하고 있었군요."

대진이 싱긋이 웃었다.

"귀국은 이전부터 내부를 통합하면 그 힘을 외부로 표출했지요. 그래서 임진왜란도 일어난 것이고요. 지금의 일본도 그때와 단지 다이묘가 없을 뿐 사정은 비슷하다고 생각했지요. 그런 생각을 갖고 귀국을 분석하다 보니 결론은 쉽게 나더군요."

이토 히로부미가 독백했다.

"그랬군요. 그랬군요. 역시 귀국은 우리가 감히 넘볼 수 없는 나라이군요."

대진이 그의 반응에 언짢은 표정을 지었다. 그것을 본 이토 히로부미가 황급히 손을 저었다.

"오해하지 마십시오. 저는 단지 귀국의 국력이 대단하다는 말씀을 드린 것뿐입니다."

"그래야지요. 그렇지 않았다면 지금까지 평화롭게 유지되어온 양국 관계가 최악이 될 터이니까요."

겨울임에도 이토 히로부미의 등줄기에 땀이 흘러내렸다. 그는 거듭해서 오해라는 사실을 분명히 했다.

"저는 조금의 사심도 없습니다. 그러니 후작님께서는 어떠한 오해도 하지 않으시길 바랍니다. 그리고 쓸데없는 제

행동 때문에 기분이 언짢으신 점에 대해 사과드립니다."

이토 히로부미가 고개를 숙였다. 그의 뒤통수를 잠깐 내려다보던 대진이 고개를 끄덕였다.

"알겠습니다. 방금 말은 안 들은 것으로 하겠습니다."

"감사합니다. 그런데 본국의 청국 공략을 묵인해 주는 대가로 무엇을 드리면 되겠습니까?"

대진이 고개를 저었다.

"없습니다."

이토 히로부미의 눈이 커졌다.

"예? 아무것도 없다고요?"

"그렇습니다. 우리 대한제국은 귀국의 청국 공략을 적극 지지하며 중립하겠습니다. 그러니 마음껏 일본의 역량을 펼쳐 보시기 바랍니다."

이토 히로부미는 어리둥절해졌다.

'이게 뭐야. 한국은 우리의 규슈 공략의 대가로 자국 화폐의 본국 유통 보장을 받아 갔었다. 그 바람에 열도에 한화가 풀리면서 이런저런 문제가 되고 있는데 그보다 더 큰 청국 공략을 대가 없이 묵인해 주다니.'

대진은 혼란스러운 표정의 이토 히로부미를 보며 미소를 지었다. 그러면서 은근한 어조로 분명히 한 가지를 짚었다.

"다른 대가를 바라는 것은 없습니다. 귀국이 국운을 걸고 청국과 격돌하는데 숟가락을 얹을 수는 없지요. 그렇다고 해서 귀국이 해 줄 것이 전혀 없는 것은 아닙니다."

이토 히로부미가 '그럼 그렇지.' 하는 표정을 지었다.

"말씀해 보십시오. 들어드릴 수 있는 거라면 제 선에서 받아들이도록 하겠습니다."

"본국 화폐의 일본 유통을 지금보다 더 풀어 주었으면 합니다. 그렇다고 모든 지역을 풀어 달라는 것은 아니고 본국과 교류가 가장 많은 시모노세키만큼은 자유롭게 통용되도록 해 주시지요. 아울러 두 곳의 한국관 주변에도 좀 더 자유를 보장해 주고요."

에매한 요구였다.

어떻게 보면 지금의 조건을 좀 더 확대해 달라는 정도에 불과하다. 그러나 일본보다 국력이 월등한 대한제국의 원화 유통이라는 점이 문제였다.

이토 히로부미도 이제는 경륜이 붙어서 국가 경영이 무엇인지 잘 알고 있었다. 그래서 타국의, 그것도 국력이 앞선 원화의 유통이 무슨 문제를 일으키는지 모르지 않았다.

그럼에도 안 된다는 말을 못 했다.

이미 대진이 거론한 지역에서는 대한제국 원화가 유통되고 있었다. 그것을 좀 더 활성화해 달라는 요구였기에 거부하기가 어려웠다.

이토 히로부미가 고심했다. 그러나 결론은 이미 나와 있는 것이나 다름없었다.

"그렇게만 해 주면 됩니까?"

"그렇습니다. 아, 그리고 시모노세키에도 우리 은행이 진출하고 싶은데 그것만 허가해 주시지요."

"……알겠습니다. 그렇게 하겠습니다."

"잘 결정하셨습니다."

대화는 꽤 오래 했다. 그러나 대화의 목적은 의외로 간단하게 이뤄졌다.

두 사람은 비서들을 불러 협상 결과를 정리하게 했다.

정리된 내용을 확인하고는 각각 날인했다. 이날의 협상은 조약이 아닌 밀서 형식으로 교환되었다.

협상을 마친 이토 히로부미는 바로 돌아갔다. 대진은 그를 부산항국제 여객터미널까지 배웅했다.

그러고는 특급열차로 돌아왔다.

요양에 도착한 대진은 먼저 황제를 알현했다. 대진의 보고와 밀서를 받아서 읽은 황제가 질문했다.

"지난번과 달리 이번에는 요구 조건을 거의 붙이지 않았네요."

"그렇습니다. 일본이 청국과 전쟁을 벌이는 것은 우리의 국익에도 큰 도움이 됩니다. 그리고 이번 전쟁은 서양 각국도 관심을 갖고 지켜보게 될 터여서 드러나는 이권을 요구하지는 않았습니다."

"청국과 일본의 전쟁이 국익에 도움이 된다고요?"

"청국이 약해질수록 우리의 국방은 더 안전해집니다. 그리고 국익을 위해서라도 대륙이 갈라지는 것이 좋은데 이번 전쟁이 단초가 되었으면 하는 바람입니다."

대진의 말을 이해한 황제가 동의했다.

"대륙이 갈라진다면 청국의 국력이 급감할 터이니 그보다 좋은 일은 없겠지요. 그런데 그런 일이 가능하겠습니까?"

"거대한 둑도 작은 구멍 때문에 무너집니다. 청국은 이미 늙고 병든 노인에 불과한 나라입니다. 그런 청국에 일본과의 전쟁에서의 패전은 치명타가 될 가능성이 높습니다."

황제도 인정했다.

"하긴, 본국과의 전쟁에서 패한 이후 청국의 국력이 나날이 쇠퇴하고 있기는 하지요."

"그렇습니다. 그래서 당장은 대륙 분할이 가능하지 않더라도 그렇게 만들 계획입니다."

황제가 적극 동조했다.

"좋습니다. 이 후작께서 자신하시니 짐은 그 말만 믿겠습니다."

"황감하옵니다."

황궁을 나온 대진은 수상을 찾았다.

대진의 보고를 받은 수상은 즉각 내각회의를 소집했다. 그렇게 열린 내각회의에서는 대진의 협상 결과를 만장일치로 받아들였다.

대진과의 협상을 마치고 귀국한 이토 히로부미도 내각회의를 소집했다. 그 자리에서 일본은 청국과의 전쟁을 결의했다.

그럼에도 일본은 은밀히 움직였다.

일본은 규슈 공략에 전 병력을 투입했었다. 그런 병력을 규슈 안정에 투입하고 있어서 병력을 일부러 움직이지 않아도 되었다.

일본 육군은 몇 개월 동안 병력을 해군공창이 있는 사세보로 집결했다. 여기에 맞춰 일본 해군도 연합함대를 창설해 함정을 사세보로 집결시켰다.

그리고 장마가 끝난 7월 하순.

일본은 청국에 선전포고를 한 후.

사세보의 연합함대를 기동했다.

다음 권으로 이어집니다

꿈의 도약, 로크에서 하십시오
(주)로크미디어에서 신인 작가를 모십니다

즐거운 세상, 로크미디어는 꿈을 사랑하고 도전을 두려워하지 않는 작가 분들의 참신한 작품을 기다리고 있습니다. 21세기 장르 문학계를 이끌어 갈 차세대 선두 주자 (주)로크미디어에서 여러분의 나래를 활짝 펴 보시길 바랍니다.

모집 분야 판타지와 무협을 포함한 장르 문학
모집 대상 아마추어 작가, 인터넷 작가
모집 기한 수시 모집

작품 접수 시 유의 사항

1. 파일명은 작가명_작품명.hwp형식을 갖춰 주십시오.
1. 파일에 들어갈 내용은 다음과 같습니다.
   - 성명(필명인 경우 실명을 밝혀 주세요), 연락처, 이메일 주소
   - 제목, 기획 의도
   - A4용지 1장 분량의 등장인물 소개
   - A4용지 2장 분량의 전체 줄거리
   - 본문
1. 작품이 인터넷에 연재되고 있다면, 게시판명과 사이트의 구체적이고 정확한 주소를 기재해 주십시오.

선택된 작품은 정식 계약 후 출판물로 간행되어 전국 서점에 유통됩니다.
작가 분은 (주)로크미디어의 전폭적인 지원하에 전속 작가로 활동하시게 됩니다.
※ 자세한 내용은 로크미디어 홈페이지(rokmedia.com)를 참조하세요.

(04167)서울시 마포구 마포대로 45 일진빌딩 6층
(주)로크미디어 편집부 신간 기획 담당자 앞
전화: 02) 3273-5135
www.rokmedia.com   이메일 : rokmedia@empas.com